U0641377

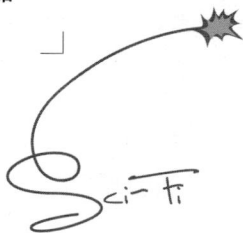

Sci-Fi

回归原点

滕野——著

山东教育出版社

图书在版编目（CIP）数据

回归原点 / 滕野著 . — 济南：山东教育出版社，
2021.7（2021.7 重印）

（科幻文学群星榜）

ISBN 978-7-5701-0653-0

Ⅰ . ①回… Ⅱ . ①滕… Ⅲ . ①幻想小说－中国－当代
Ⅳ . ① I247.5

中国版本图书馆 CIP 数据核字（2021）第 065901 号

HUIGUI YUANDIAN

回归原点　　　　　滕　野　著

主管单位：山东出版传媒股份有限公司

出版发行：山东教育出版社

地址：济南市市中区二环南路 2066 号 4 区 1 号　邮编：250003

电话：（0531）82092600　　　　网址：www.sjs.com.cn

印　　刷：三河市冠宏印刷装订有限公司

版　　次：2021 年 7 月第 1 版

印　　次：2021 年 7 月第 2 次印刷

开　　本：880 mm × 1300 mm　1/32

印　　张：7

印　　数：10001－13000

字　　数：165 千

定　　价：25.80 元

Sci-Fi 《科幻文学群星榜》编委会

总序

想象新时代

《科幻文学群星榜》是由中国科普作家协会科幻专业委员会联合其他科幻组织，共同推出的一套科幻书系。这是一个规模庞大的工程，目前来看也是独一无二的工程，基本囊括了中华人民共和国成立以来老中青几代具有代表性的科幻作家的佳作。这些作家以年龄看，最早的是20世纪20年代出生的，最晚的是"90后"。

这套书系的出版，恰逢中华民族实现第一个百年目标——全面建成小康社会。因此，它呈现了百年未有之变局中，中国人对一个崭新时代的想象。随后陆续推出的作品，还将伴随中国迈进基本实现现代化的伟大进程。

科幻文学作为一种年轻的文学品类，本身就是现代化的产物。1818年，世界上第一部科幻小说《弗兰肯斯坦》诞生在第一个实现产业革命的国家——英国。此后科幻文学在法国、美国、日本等工业化国家繁荣起来，进入蓬勃发展的黄金时代。科幻作品反映着科技时代人类社会的变迁和走向，反思当代人类面临的多重困境，力图打破所谓世界末日的预言，最终描绘出一个五彩斑斓、生机勃勃的新未来。

如今，地球上正在发生的最具"科幻色彩"的事件之一，便是中国的崛起。这个进程不仅改变了这个文明古国的命运，也影响着全人类的走向。中国奇迹般地成了拉动世界经济增长的有力引擎。人类历史上首次十亿以上人口的国家将要集体迈入现代化的门槛。中国科幻文学正是中华民族伟大复兴进程的见证者、参与者与推动者。

早在20世纪初，中国的一些有识之士便把科幻作品译介进来，掀起了第一次科幻热潮。它承载起"导中国人群以行进""改变中国人的梦"的使命。20世纪50-60年代，随着中国自己的工业和科技体系的建立，科幻作家们以满腔热情擘画了一个欣欣向荣的新世界。1978年改革开放后，中国再次向现代化进军，科幻迎来新的勃兴。作家们满怀豪情地书写科学技术为实现现代化、为谋求人民的幸福生活所创造出的神奇美景。进入21世纪，尤其是随着新时代的来临，这个文学门类也进入成长的新阶段。随着《三体》等作品的问世，中国科幻迎来了新一轮热潮。作家们描绘着古老的中华民族在实现全面小康和建成现代化强国的过程中所面临的新机遇、新挑战，谱写着中国走向世界、步入太阳系舞台中央并参与宇宙演化的新篇章。

科幻文学的发展折射着中国国运的巨大变迁。当今，海内外不同领域的人们对中国的科幻文学的空前关注，实际上是关注中国的未来，关注世界第二大经济体将如何持续演进，关注14亿人的创造力将怎样影响乃至重塑这个星球。从现实意义上来说，这套书系不但包含这些丰厚的信息，而且集中梳理了新中国科幻文学取得的辉煌成就，整理出新中国科幻文学发展的宽阔脉络；从一个特殊的侧面，还反映了中华民族从站起来、富起来到强起来的进程，见证中国走向更加灿烂辉煌的未来。

这套书系具有以下三个特点：

一是权威性。它由中国科普作家协会科幻专业委员会主持编选，并与国内多个科幻组织合作，其中包括得到了中国科普作家协会科学文艺专业委员会、科幻世界杂志社、南方科技大学科学与人类想象力研究中心、未来事务管理局、八光分文化、重庆钓鱼城科幻中心等的鼎力相助。编者从中华人民共和国成立以来的海量科幻文学作品中，精选出足以体现时代特征的作品。收入书系的作者，涵盖了雨果奖、银河奖、星云奖、晨星奖、光年奖、未来科幻大师奖、引力奖、水滴奖、冷湖奖、原石奖、坐标奖、星空奖等中外各类科幻大奖的获得者。

二是系统性。它收集了中华人民共和国成立以来不同时期作家的代表作。作者中有新中国科幻奠基者和老一代作家如郑文光、童恩正、萧建亨、刘兴诗、潘家铮、金涛、程嘉梓、张静等，也有改革开放后崛起的新生代作家刘慈欣、王晋康、何夕、韩松、星河、杨鹏、杨平、刘维佳、赵海虹、凌晨、潘海天、万象峰年等，以及以"80后"为主体的更新代作家陈楸帆、飞氘、江波、迟卉、宝树、张冉、程婧波、罗隆翔、七月、长铗、梁清散、拉拉、陈茜等，还有在21世纪崛起的全新代作家杨晚晴、刘洋、双翅目、石黑曜、王诺诺、孙望路、滕野、阿缺、顾适等，从而构成比较完整而连续的新中国科幻光谱，是对中国科幻文学发展历史的一次系统检阅。

三是丰富性。它比较全面地展现了广域时空中新中国的科幻生态和创作风格。这里面既有科普型的，也有偏重文学意象的；既有以自然科学为主体的核心科幻，也有侧重社会现象的"软"科幻；既有代表科幻未来主义的，也有反映科幻现实主义的；既有传统风格的写法，也有实验性质的探索。作品的主题涵盖了中国科技、社会、文化和民生的热点。从中可以看到，一个曾经积弱的民族，如今正活跃在地球内外、大洋上下、宇宙太空、虚拟世界、纳米单元、时间航线、大脑意识等各个空间。这里有中国

政府和人民引领抗击全球灾难的描述，有脱贫的中国农民以新姿态迈出太阳系的故事，也有星际飞船和机器人在银河系中奏唱国际歌的传奇。

这套书系力求构建起一个灿烂的星空，并以此映射人们敏感而多样的心灵。爱因斯坦说，想象力比知识更重要。科幻是相伴人类发展进步而产生的新兴事物，是一个民族想象力的集中反映，是科技创新的艺术表达，在人们面前呈现出一幅幅奔向明天、憧憬和创建未来的美好画卷。许许多多杰出的科学家、工程师和企业家，在年轻时就受到科幻文学的熏陶和影响，因此走上了创造神奇新世界的道路。中国正在稳步建设创新型国家，需要更多富有创造力的人才脱颖而出。科幻文学也肩负着实现中国梦的责任，在点燃青少年科学梦想、激发民族想象力和创造力方面，起着不可或缺的作用。

这套书系将为广大读者尤其是年轻人打开中国科幻和未来世界的门户，有助于人们拓宽视野、开阔思想、激发灵感、探索未知、明达见识。它也将进一步促进中外科幻、科技、文化和文明的交流，为人类的共同发展做出中国的一份独特贡献。

中国科普作家协会科幻专业委员会

2020年10月1日

创作谈

　　科幻是一种基于物理和数学的"推演"的题材。科幻故事的萌芽常常始于几个简单的小问题：假如人类想要创造一颗星球，该怎么做？假如水在100℃结冰、在0℃沸腾，会怎么样？假如书本焚烧后的灰烬还能够被阅读，会怎么样？

　　我的作品大多都是按照这种思路来写的。有了小问题之后，就要在物理和数学允许的框架内寻找"看似合理"的答案。科幻毕竟不是科学，许多设想根本经不住科学家的推敲；但科幻也不是纯粹的幻想，它总是希望能用科学的合理性来为自己背书，让自己变得更加"严谨"。这是科幻的拧巴之处所在，也是写科幻的乐趣所在。就像拿着一根长棍表演走钢丝一样，棍子一头是幻想，另一头是现实，中间的支点就是每一个写科幻的人各显神通的地带。

　　提出"假如人类想要创造一颗星球"的问题之后，我开始设想，若人类有开创天地的能力，那么人类应该像盖房子一样逐渐建造这颗星球，从熔融星球核心开始，往上慢慢建造厚重的地幔和地壳，造好地壳之后，还要雕琢、打磨大陆的轮廓和形状，再给星球表面灌上水和气体，使其形成海洋与大气层……光是想一想这些过程就令人心潮澎湃，那是何等壮观的场面呀！为了将这些场面串起来，值得专门写一个故事，这样，就有了本书中的《回归原点》。

提出"假如水在100℃结冰、在0℃沸腾"的问题之后，我发现这个问题可以进一步推广，可以将现实生活中的更多常识颠倒过来：假如地表重力指向天空呢？假如冷水能烫伤人呢？那世界会变成什么样子？当然，若按照科学的严谨思路，这种情况一旦出现，必然意味着热力学法则和引力的性质发生了根本改变，那恐怕是宇宙级别的灾难，但我只是想创作一个小故事，便不必在乎那么多细节，于是有了本书中的《定律逆转的世界》，不过数千字，无须深究，只求博诸君一笑耳。

提出"假如书本焚烧后的灰烬还能够被阅读"的问题之后，我就想到，书本所用的纸张和墨水的主要成分都是碳，焚烧后剩下的灰烬也主要是碳，那么假若有一种技术可以算出灰烬中的碳原子在焚烧前的分布状态，不就还原了书本来的样子吗？于是就有了本书中《焚书》这篇小故事。

科幻同时是一种与现实联结非常紧密的题材。知识改变科技，科技改变生活，生活改变命运。我们每一个人都生活在知识和技术带来的不断变革之中。在我小时候，BP机还是个稀罕玩意，我记得当时的叔叔们跟我说这东西特别方便，往腰里一别，就能随时知道谁给你打了电话，然后去找最近的电话亭打回去就成了。可到了2020年，BP机听起来已经像电报和飞鸽传书一样落伍，是应该送进博物馆的古董。

不到三十年，世界的变化已经如此巨大。我们现在再回顾二十世纪五十年代以来欧美作家的创作，也就是"黄金时代"那一批老前辈的创作，会发现其中有许多明显跟不上时代的地方。例如，他们常常想象未来的计算机还要靠吐纸条和操作者进行交流，每当看到这类描述，我总会产生一种奇怪的错位感：这不是畅想未来的科幻小说，而是科幻小说和历史小说杂糅出来的东西。

黄金时代离我们也不过六七十年而已，还不到一个世纪。从这个角度讲，科幻是一种速朽的文学，如罗伯特·海因莱因所言，"我写小说的速度还赶不上我的小说被现实超越的速度"。

但另一方面，科幻小说中那种"向前看"的精神，却无比旺盛长久。它代表了人类的好奇心，代表了人类的求知心。有的科幻小说描绘了美好的未来，但更多的科幻小说描绘了暗淡的未来，前者是人类对未来的憧憬，后者是人类对未知的恐惧。这不正是人类的可爱之处吗？我们同时怀抱憧憬和恐惧两种心情走向未来。这种精神令科幻不朽，令它从玛丽·雪莱的《弗兰肯斯坦》开始，照耀文学史二百余年。也许我的创作也会在短短十几年、二十几年内被现实超越，也许我的创作到我儿子那一代就会变得老旧落伍，但这不妨碍我在今天热爱科幻这种题材。

科幻与现实的联系还有一层更深刻的含义：它要求创作者及受众都必须有一定的科学素养。创作者没有科学素养，创作出来的不叫科幻；创作者有科学素养而受众没有，那科幻必然只能停留在一个小众的圈子里；只有当创作者和受众都具备了科学素养时，科幻才能成为大众的消遣，为大众所欣赏。而这要求远远超出了科幻作家及科幻爱好者力所能及的范围，它必然是政府层面的举措，必然要依靠政府推行的普遍的、深入的基础教育，才能使普通大众获得足以创作和欣赏科幻的科学素养。

历史也证明，科幻的兴旺与国家的发展是脱不开关系的。美国的科幻黄金时代在二十世纪五六十年代，那是美国蒸蒸日上的时代；二十世纪七十年代至九十年代，日本的科幻也蓬勃发展，诸如高达、新世纪福音战士等今天人们耳熟能详的IP都肇始于那时，而那时日本经济正处于二战结束以来的高峰期。

如今，中国的发展和腾飞已经是不可阻挡的历史潮流，举世有目共睹。到了这样的历史性时刻，科幻文学繁荣昌盛，也是应有之义。我很荣幸能生在这样一个时代，能在这样一个时代进行一些科幻创作。

最后，希望我创作的故事能给读者们带来启发，感谢每一位花时间阅读我作品的读者！

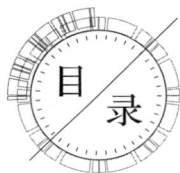

目录
Catalogue

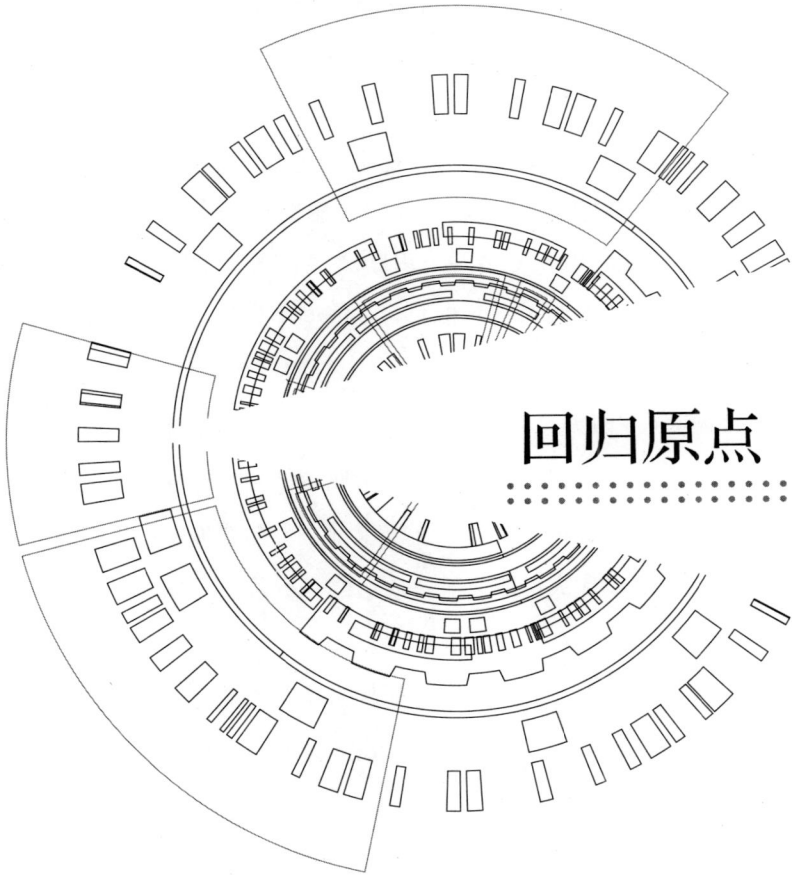

回归原点

一　艾伯特

登陆艇停泊在一片光滑、辽阔的灰色平原上，从落地窗望出去，一艘巨大的浇铸舰无声无息地飘过我的头顶，飞船腹部正连续不断地淌下熔融的铁镍液流。即便隔着差不多一公里距离，我都似乎能感受到扑面而来的热浪。举目远眺，从眼前直到地平线，天空中到处都是拖着炽热尾迹的浇铸舰，无数条金属瀑布从一万两千米的高度跌落，狠狠撞击着这颗新生星球脆弱的核心。平原上河网交织，奔流的液态金属在接近绝对零度的低温下缓缓冷却、凝固，最终化作我脚下金属大地的一部分。在远处那颗恒星的照耀下，整片大地熠熠生辉，连群星都显得黯然失色。这些飞船上方，漂浮着同盟世界的庞大母舰，她铁灰色的身躯几乎占据了半个天空的视域。

"艾伯特，还顺利吗？"一个身穿军装的高大男子走到我身后，拍了拍我的肩膀。"一切正常，元帅阁下。"我迅速低头，恭敬地答道。虽然读赫尔曼大学时我有幸和他成为同学，但在被选为这项浩大工程的负责人之前，我做梦也想不到竟然能有机会再度与这个男人共处一室。

"不用这么拘谨，老同学。这儿又不是母舰，叫我彼得就行。"两鬓有些斑白的元帅笑了笑，这让我肩头无形的压力顿时小了不少。他扶了扶帽檐，帽子上那颗象征同盟世界最高权力的金色徽章闪闪发亮。"为了从前线抽调出这么多运输舰，我可是被议会骂了个狗血淋头。"他对着观测窗伸手一挥，把视野范围内所有飞船全部囊括其中，"更别说还要让它们载上足够构成一颗星球内核的铁镍合金，再穿过遥远的星域来到这里——总共多少吨，十的十五次方肯定有了吧？""是十的二十次方。"我小心翼翼地纠正他。这个数字大得令人难以置信，我不知道为了收集这么多金属，彼得麾下的舰队究竟把多少颗行星炸了个稀巴烂。

"爸爸，爸爸，我想出去看看，可以吗？"一个小男孩清亮的声音响起，我扭头望去，元帅的儿子正趴在观测窗前，小家伙兴奋得把脸颊和双手都紧紧贴在了玻璃上。"这可不行，安德烈。"元帅笑着走过去，摸了摸儿子的头顶，"外面不够安全，如果让你出去，妈妈是会生气的。爸爸不怕议会那些老头子，对你妈妈却一点儿办法都没有。"

安德烈嘟起嘴唇，一副老大不乐意的面孔，但这个以顽劣而扬名整个同盟世界的孩子破天荒地没有再说什么，只是继续用一双水汪汪的、盛满了渴望的眼睛眺望着外面。

彼得把手放在安德烈的肩膀上，和儿子一起将目光投向远方，神情若有所思。"艾伯特，告诉我实话，你觉得整个重建工程需要多长时间？我不想听母舰工程局的官方结论，他们搞出的数字连自己都说服不了，更不用谈说服议会那帮老狐狸精了。"他终于再度开口，语气中透着对同盟官僚机构的深切厌恶。

"十五年，不能再快了。"我诚实地答道。

"比我想象的好多了。"彼得的神情显得轻松了很多，"让工程局见鬼去吧，那群蛀虫告诉我没有半个世纪别想干完这事儿。我看，就该把他们撵出办公室，送到前线去，叫联合世界的军队好好调教一下，这样他们才会明白效率意味着什么——那意味着生命！胜利！安定！这样他们每天就不会那么心安理得地享用啤酒和面包了！"彼得突然提高了音调，对着巨大的观测窗咆哮道。

小安德烈只是歪了歪脑袋，并没有被吓到，显然是已经习惯了父亲的嗓门。

我有些尴尬地一笑：搞工程我是行家，但谈到军事，我就一窍不通了。

彼得一阵沉默，显然是又陷入了思考。我不了解前线的情况，只听说联合舰队这一次的入侵来势汹汹，大有不成功便与同盟世界同归于尽的架势。在彼得的铁腕管制下，任何具体的信息都无法从军队流向民间，但近几个月来母舰上已经谣言四起，说前线正陷入苦战。

"为了保障这里不被联合世界发现，我已经尽了最大努力。"彼得摘下帽子，把额头贴在冰凉的玻璃上，闭上了眼。"艾伯特，我知道很多人对我的独断专行十分不满，认为这个计划纯粹是我的异想天开，会把整个同盟世界带进万劫不复的深渊——我不在乎他们的说法，反正只要舰队还在我手里，议会那群老头子就得捏起鼻子乖乖听话。"他露出一个有些疲倦的笑容，"但是，老同学，这儿没有别人——你刚才跟我透了个底，我现在也跟你透个底：在联合舰队的这波攻势下撑十五年，我……没有万全的把握。"他攥起一只拳头，放在安德烈头顶，"艾伯特，无论如何，请把这个时间再缩短些，我会尽力提供你需要的一切支持。十年，怎么样？"

我没有立即回答，而是仔细在脑海中计算了一下。元帅口中的支持，也就是整个同盟世界的支持，分量可想而知。"我只能说尽力而为了，彼得。"我谨慎地说道，因为我见过其他在元帅面前夸下海口的人的下场。

没有得到想要的答案，彼得看起来并不怎么失望。"这就是我信任你的原因，艾伯特。"他点点头，"你从不撒谎。"

"爸爸，一定没问题的！只要你亲自出征，联合舰队马上就会屁滚尿流地逃回老家去！"安德烈清脆的声音再次响起，他望着高大的父亲，眼神坚定而自信。

彼得乐了："爸爸可不敢这么吹嘘自己的能耐，像你艾伯特叔叔说的，我也只能——尽力而为。"他说着把那顶军帽扣在安德烈头上，大了一圈的帽檐垂落下来，挡住了安德烈的眼睛。

"就算爸爸不行，还有我在！"小家伙把帽子往上一推，自信地说道。"那我就祝你将来在战场上所向披靡喽，安德烈元帅。"彼得蹲下身来，慈爱地看着儿子。"嗯！"小家伙直视着父亲深邃的黑色眼睛，用力点了点头。

彼得笑着拍拍他的头顶，然后站起身："我们回去吧，艾伯特。"

登陆艇缓缓升起，朝那艘漂浮在浇铸舰队上方、几乎占据了半个天空的同盟母舰驶去。

回到舰桥，第一个迎接我们的是彼得的妻子——玛格丽特。玛格丽特从彼得身边牵过小安德烈，同时对我点点头："您辛苦了，艾伯特总工程师。""分内职责，理所应当，夫人。"我把手放在胸前，低低鞠了一躬。"安德烈，把帽子还给爸爸。"玛格丽特扭头对儿子说道，语气有些严厉，"彼得，你怎么能把这么重要的东西随随便便交给孩子？"

小安德烈恋恋不舍地摘下头顶的元帅帽，递给父亲，后者则对妻子露出一个不好意思的笑容："是我的不对。"

人人都知道彼得·兰开斯特是同盟舰队一言九鼎的统帅，安德烈·兰开斯特是备受父亲溺爱、能在母舰上无法无天的小魔王。但这一大一小两个男人竟然都畏惧性格温柔敦厚的元帅夫人，真是匪夷所思。

彼得重新戴好帽子后，一名顾问走上前来："将军们在等着您呢，阁下。"他朝指挥台做了个请的动作。"下次再见，总工程师。"彼得向我示意后大步走开了，这个称呼表明他已经重新回到为人熟知的元帅身份，而不再是我的老同学。

出乎意料，元帅离去后，玛格丽特邀请我和她一同走走。

我们漫步在母舰的第一走廊里，这条走廊位于右舷侧面，贯穿整艘母舰，走廊一侧是墙壁，另一侧则是由巨大的落地玻璃拼成的全透式舷窗。我边走边眺望窗外下方的运输舰队，以及更下方的那颗灰色星核——密布在星核表面的金属河流让它看起来就像一只布满血丝的诡异眼珠，漂浮在空荡荡的宇宙中。

安德烈说，他爸爸会把联合舰队打回老家去。想到这里，我不禁微微一笑。小家伙大概不知道，同盟世界与联合世界在彻底势不两立之前，原本有着同一个故乡。

那颗如今只存在于书本和影像中的蔚蓝行星——地球。

星际大航海时代来临后，面对空前广袤的崭新疆域，古老的"国家"概念迅速消亡，取而代之的是两个新兴阵营，同盟世界与联合世界。每个世界都拥有自己的领域，各自朝宇宙深处不停地推进疆界。恒星之间动辄上百甚至上千光年的距离令两个世界的交集越来越小，直至只剩一个原点维持着二者之间的脆弱联系——每一艘星舰最初起航的港口，地球。

但那次毁灭地球的战争改变了一切。究竟是谁，又为了什么才打响第一枪，大概再也没有人知道了。真相在时光的遮掩下变得越来越朦胧，最终落上一层看不透、擦不掉的厚重尘埃。毫无疑问的是，地球彻底化作了一片支离破碎的残骸，变成了太阳系里一条崭新的小行星带，万劫不复。同盟世界与联合世界的历史课本都把责任推到了对方头上，双方的互相杀戮令新仇旧恨层层累加，最终变成一笔谁也算不清楚的血债，只能拿更多的鲜血去偿还。

"总工程师。"玛格丽特温和的声音把我的思绪拉了回来，小安德烈牵着母亲的手一路蹦蹦跳跳，目光始终没有离开窗外那颗星核。"什么事，夫人？"我问。"在您眼里，地球是个什么样的星球？"她说道。

"嗯，它是一个半径约6400千米的岩石行星，表面70%以上被水域覆盖，拥有厚度约1000千米的大气层……"我还没说完，玛格丽特就打断了我："我想听的不是这些，总工程师。"她对我故意不正面回答问题有些恼火，"稍微受过一点教育的人都知道这些数据，我想知道的是，你心目中我们人类的故乡，究竟是什么样子？或者说，你和你领导的母舰工程局，将会把重建后的'地球'塑造成什么模样？"她指向母舰下方的巨大星核，直截了当地问道。

我停下脚步。

重建地球。这不是个新鲜的想法了，无论在同盟世界还是联合世界，重建地球都是人们最津津乐道的话题，而政府也几乎每隔十几年就会提起它，甚至将它写进议会提案，启动表决程序。星际大航海之前的时代又被称作唯一太阳时代，因为那时人们心目中只有一个太阳——那颗照耀着地球的恒星，那座为每一艘远航星舰指引回家方向的灯塔。地球毁灭之后，太阳也随之失去了无可替代的地位，彻底沦落为广袤银河中一颗极不起眼的普通星球。人们总是喜欢怀念美好的过去，唯一太阳时代在诗人、画家和音乐家的反复歌颂、渲染之下，渐渐变成了一个天堂般的美好世界。

虽然人们向往着回到唯一太阳时代，但那些重建地球的提案从来活不到表决程序结束。原因很简单，只有当热情冷却、梦想变成预算簿上冰冷的数字时，议员们才会惊觉地球有多么巨大。星舰上的生活让人习惯了站在宇宙尺度上去看世界，在这个尺度上，地球当然十分渺小；可人类常常忘记，站在地球尺度上，人类自己同样也十分渺小。如果说在银河中地球不过是沧海一粟，那么人类自己，则是粘在这颗粟粒上的尘埃。

光是地核部分的铁镍重金属，其质量就在千万万亿吨级别，更不用谈比地核大了四倍有余的地壳、地幔，还要加上那广袤的海洋，以及漂浮在海洋上方的厚重大气层……

除了这一代同盟舰队统帅彼得·兰开斯特，几个世纪以来，再没人有这样的魄力真正推动地球重建计划。

而我因为在赫尔曼大学与母舰工程局的出色履历，被选为重建计划的总工程师。

"夫人，我是个科学家，不是艺术家。"我终于直视玛格丽特的眼睛，元帅夫人湛蓝的瞳孔和传闻中的一样美丽，"您问我将重建一个什么样的地球，刚才那些数字就是答案。母舰工程局会严格按照唯一太阳时代存留下来的地质、气候、生物、海洋数据，力图复制一个原汁原味的地球，这才是我的工作。至于我心目中的地球是什么样子，那和重建计划完全无关，歌颂自然、回忆历史的任务，还是交给艺术家们吧。在您眼里，这可能很无趣，但我保证，完工的那一天，您将和所有人一样，亲眼见证我们古老故乡的重生，并一定会惊叹于它的美丽与伟大。"

玛格丽特点点头。"总工程师，我还想知道，你对我丈夫有什么看法？"她轻声问。

我立即明白了她的意思。"是最近那些流言在让您烦恼吗？"我说。"没错。"玛格丽特有些疲惫地抬起右手，揉了揉太阳穴，"彼得是个务实的人，从来不屑和议会做口舌之争，因此我……很替他担心。舆论认为我们应该尽一切力量驰援前线，而不是将大把的资源浪费在一个虚无缥缈的梦上。"她朝外面的星核挥了挥手。

"在军事方面我无法评价元帅，因为我不懂战争。"我回答道，"但仅从一个工程师的角度，我很钦佩他的魄力与决心。我不清楚元帅是因为什么理由才大力推动这项计划，但我保证，母舰工程局会尽速赶工，并竭力节省资源，让元帅阁下在前线的调度能更加游刃有余。"

"希望如此，总工程师。"玛格丽特如释重负地呼出一口气，"彼得正在消耗民众和议会的耐心，我曾劝过他几次，但他的执拗出乎我的意料……""他们很快就会再度拥有信心的，在母舰和这么多资源不投入战场的情况下还能顶住联合世界的压力，正说明同盟世界的强大啊，夫人。"我安慰她。

但玛格丽特眉宇间的阴云并未散去。"唯一的问题是彼得能挺住多久，或者说，这个地方能够隐藏多久。"她的目光忧虑重重，"联合世界的秦非司令也不是庸才，我敢打赌，就在我们说话的当口，起码有一千艘联合侦察舰正发疯一样到处搜寻同盟母舰呢。"

她忽然笑了："咳，我们都不是军人，谈论这些只会徒增烦恼的话题干什么？总工程师，安德烈一直特别渴望亲眼看一看地球，以后的重建工作中，我想拜托你时不时带他去看看工程进度，可以吗？""举手之劳，我很乐意。"我回答。

两年后，地核终于成形，地幔的铺设工作开始了。按照对元帅夫人的承诺，我带着十三岁的安德烈，再度乘坐登陆艇离开同盟母舰。随着距离拉近，母舰下方的地核在观测窗中变得越来越大，它那圆润的轮廓也逐渐出现了细微的弯曲，登陆艇下降到离地核表面一万米时，我们已经能清晰地看到地核上凹凸不平的钢铁山脉、盆地、高原与峡谷。

登陆艇在一座金属孤峰顶部着陆，抬头望去，密密麻麻的浇铸舰正从同盟母舰腹部倾巢而出，仿佛一张巨网，铺天盖地撒向裸露的地核，远处那颗恒星把无数浇铸舰的影子投射在辽阔的金属平原上，让它们看起来好像大群掠过荒野的蝗虫。浇铸舰编队中还混杂着数百艘纤细、狭长的管状飞船，如果没有恒星照耀下的强烈反光，我几乎无法将它们从漆黑的星空背景中分辨出来。从地核表面看去，这些管状飞船就像是银河掉下的白发，正缓缓飘落。

我和安德烈穿上舱外服，走出登陆艇，站在这座金属山峰的顶端弯腰俯瞰。"艾伯特叔叔，那些是什么呀？"安德烈指向空中的管状飞船，好奇地问道。"那是地热输送舰。"我解释道，"地球的核心是熔融的铁镍合金，但在真空中我们无法让一颗巨大的金属球以高温液态的形式存在，唯一可行的法子是等地幔和地壳铺设到位之后，再从地表向下输送热能，熔化地核。"

浇铸舰队飞临地核表面，再度开始倾泻炽热的液流。这次从天空中滚滚而下的不是金属，而是岩浆，很快辽阔的平原上聚集起了暗红色的湖泊，钢铁铸就的群山间也挂上了一条条熔岩瀑布，那些高耸入云的金属峰峦看起来像正在融化的蜡烛。一艘长达3000多千米的地热输送舰穿过浇铸舰队，缓慢、沉重地下降，它的底端与地核表面接触时，一阵巨大的颤动隆隆地滚过原野，我们脚下的金属山峰剧烈摇晃了一下，令安德烈差点摔倒。"没事吧，孩子？"我赶忙伸出一只手扶住他。安德烈没有回答，他仰起小脸敬畏地看着天空，地热输送舰笔直地、仿佛没有尽头地向上延伸，直入星空，犹如一座天梯，与它相比，我们身处的这座金属山峰就像巨人脚下的一只蚂蚁。第二艘、第三艘、第四艘地热输送舰接连落下，从眼前向遥远的地平线依次排列，仿佛一根根插入钢铁大地的雪白羽毛。如果这里有空气，我们一定能听到连续不断的巨响，听到数百艘巨舰敲击地核的声音，那声音一定既悦耳又激昂，就像一口宇宙大钟的初次演奏。

"安德烈，你正看着的是环太平洋火山地震带。"我胸口不知道从哪儿升起了一股豪迈之气，伸手一指地热输送舰连成的那条延伸到天边的漫长弧线，说道。每一艘地热输送舰的落点都是地球上火山活动最频繁的地方，它们勾勒出了板块的大致边界，就像按在地图上的大头钉，接下来重塑地幔、地壳的工程，都要以这些地热输送舰为方位基准。

无数条熔岩河流向着低地奔流汇聚，渐渐填满了深邃的金属沟壑与峡谷，过不了几个月，我们就能看到一片覆盖在地核之上的熔岩之海，等它冷却，地核就会披上一层厚重的岩石外衣。

从这一天算起，到地幔终于铺设完工，又过去了三年。

地壳重建工程开始的前夜，彼得走了，带着安德烈一起。

那是一个寂静无声的夜晚，母舰上的人造月亮放射着清冷的银色光芒，照亮了左舷甲板上的母舰第一军港。军港外面，同盟舰队最后的精锐已经集结完毕，数十万人拥入军港内的广场，送别元帅。我作为母舰工程局的新任领导人，有幸在饯行队伍中排位靠前。

"我深爱的同盟人民，"彼得走向为他准备好的演讲台，面对台下黑压压的人群，"过去二十年里，感谢你们对我的支持和信赖。你们始终是我，也是同盟舰队最强大的后盾。在这面盾牌的庇护下，联合世界对我们的进攻虽然疯狂，却始终只是徒劳。"他停了停，似乎是在斟酌接下来的词句，"我不想撒谎，为了保护母舰的安全，保护母舰坐标不被发现，前线的将士们已经付出了惨痛的代价。眼下，我们与联合世界之间的战争从未如此接近决胜时刻，因此我要亲自带兵出征，给联合世界以最后一击，亲手把他们送下地狱。"彼得声音低沉，但他的眼神是如此坚毅，没有一个人发出质疑的声音。

"与参加这次远征的所有将士一样，我也许再也无法回到母舰，但大家可以相信我，同盟舰队必将取得胜利——而我们为庆祝胜利兴建的宴会厅，此刻也已经接近完工了。"他朝笼罩第一军港的巨大透明穹顶挥了挥手，穹顶外面漂浮着那颗崭新的"地球"。"以同盟的名义，当联合世界从银河中被彻底抹去，我们将一同离开这承载了我们整整三个世纪的母舰，回到我们新生的故乡，在真正的大地上坐下来欢歌庆祝，再度享受暖洋洋的阳光，享受稳定、和平、安宁，享受唯一太阳时代里黄金般的日子——我对已经牺牲的同盟将士的英灵起誓，我们的子孙将远离战争、灾祸与死亡……"

彼得的演讲一如既往，铿锵有力、振奋人心。当他的话音终于落下，一阵海啸般的欢呼与掌声席卷了第一军港。虽然议会对彼得多有不满，但大多数人民始终支持着他们的元帅。等掌声稍稍平息，彼得举起一只手，示意大家安静："为了表明我的决心，我的儿子，安德烈·兰开斯特……"

年仅十六岁的元帅之子登上讲台，站到父亲身边。"——将与我一同出征。"彼得把手放在了儿子的肩膀上，"在战争面前，同盟世界的每一个人都献出了自己的父亲、丈夫、儿子以及兄弟，我的家庭当然也不能例外。"

安德烈的脸庞稚气未脱，但他目光中透出的坚定已经与彼得有八分神似，这让在场的所有听众都意识到，这个年轻人身上流着元帅家族的血液。第一军港的高大穹顶下再次响起欢呼："元帅万岁！""元帅之子万岁！"

彼得和安德烈同时向台下鞠躬，转身走向登舰通道。一小时后，第一军港外同盟旗舰的跃迁引擎首先发出炽热的蓝光，随后整支舰队正式起航，在数十万人的目送下驶向银河深处。

在离开第一军港返回母舰工程局的路上，我被一位老妇人拦了下来。"您是艾伯特·史密斯先生吗？请……请容我耽误您几分钟时间，好吗？"老妇人显然是第一次面对我这个级别的官员，说话声音都有点颤抖，仿佛受到了惊吓。"我就是艾伯特。没关系，请慢慢讲，夫人。"我身边此时并没有其他人陪同，我轻声安慰她。

老妇人紧张地攥住自己的裙摆然后又松开，如此反复几次之后，她像终于下定了决心似的开口道："我的儿子……半个月前刚刚战死在前线。在和我的最后一次通话里，他问我地球重建工程进行到了哪一步，还说很希望以后能够回到地球上去，亲眼看一看海洋和天空是否真像书本上描写的那样蔚蓝，看一看翠绿的山峰和峡谷，看一看辽阔的沙漠和荒原……噢，对不起，我的废话太多了。"老妇人忽然意识到自己已经在我面前站了两分钟，她的眼神再度惊慌起来，"我想问问您，我的儿子……能否安息在地球上？这是他最后的愿望。"

我摇了摇头。"很遗憾，夫人。您要知道，母舰工程局的目标是重建一个原汁原味的地球，在元帅下令我们移居那里之前，那里不能有任何人工造物的痕迹存在，哪怕是一块墓碑也不行。您应该去母舰中央公墓，中央公墓才是同盟勇士们长眠的地方。""不，先生，我们不要墓碑。"老夫人的目光里透出了恳求，"我的儿子没有留下遗体，我从军人抚恤局那里只领取到了他生前穿过的两套军服。我想把它们埋在地球的土壤里，这样就等于让我儿子入土为安了。我可以保证，先生，等你们播种了植物之后，这些衣服很快就会降解，什么痕迹都不会留下——我曾在赫尔曼大学教授古代生物学，我清楚植物和真菌的分解能力有多么强大……"老妇人急切地说道，态度谨慎而谦卑，但这仍然无法掩饰她双眼中热切的期望和深沉的哀伤。

我沉默了一会儿。赫尔曼大学是母舰上最好的学校，也是我的母校。无论从哪个角度看，我似乎都没有理由拒绝这位悲痛的母亲。"单单是这件事，当然很容易办到。"我说，"但是，夫人，如果我为您开了这个先例，那么失去孩子的母亲和失去丈夫的妻子就会蜂拥而至，包围母舰工程局，我们不可能有那么多精力满足每一个人的要求。"

老妇人深深弯下了腰。"先生，我听过母舰工程局的宣传讲座。我知道铺设地壳土壤层的时候，你们会直接将采掘自其他行星的土壤撒在岩石层之上，而不会等待岩石自行风化。您不必费神特地派人去埋下我儿子的衣服，只要将它们混在土壤播撒舰的货舱里，让它们与土壤一同落下去就足够了——连这样也不行吗，先生？求求您了！"老妇人抬起头看着我，眼中噙满了泪水。

我再度沉默。我至今没有结婚，没有享受过天伦之乐，却也因此躲过了降临在我许多朋友头上的丧子之痛。我不知参加过多少次在母舰中央公墓举行的葬礼，每次直视那些憔悴的父母的眼神，我都会庆幸自己独身的决定，但同时我也很好奇，失去至亲至爱究竟是一种怎样的哀恸。

"好的，夫人，我答应您的请求。"我看看四周，离得最近的一个人也在二十步开外，我终于低声对老妇人说道，"母舰工程局欢迎同盟人民对地球重建工程的资助，无论这种资助是货币形式还是实物形式。如果接收到了实物捐赠，我们将负责把它变卖，所得钱款用于工程。您不妨寄出一些家里的无用物品给我们。"

"谢谢您，先生！"老妇人激动得连连鞠躬。我扶起她："夫人，现在地幔刚刚铺设完毕，到地壳完工还需要一段时日。我希望您等到我们公布地壳重建工作接近尾声的消息时，再把东西寄来。"

老妇人已经哽咽得说不出话，只是不断点头。

如今的地球已经俨然可以称作"半成品"，灰暗而沉重、厚达2800多千米的地幔岩石遮住了金属地核，让重建中的地球看起来不再那么耀眼夺目。岩石地表上唯一出露的物体就是地热输送舰，那些细长的白色管状飞船仿佛是插在冰激凌球上的牛奶棒，让地球愈发像一个只存在于童话中的星球。

在我的注视下，工程舰正将无数台山岳般巨大的机器缓缓吊装至地幔表面。站在母舰的高度，很容易看清这些机器大多都沿着地热输送舰形成的弧线排列，就像点缀在巧克力上的碎坚果。

我小时候，曾听过一个唯一太阳时代的古老故事，叫《愚公移山》。那故事里讲，一位中国老人和他的子孙们打算用箩筐装土的方式，一箩筐一箩筐地把家门前的大山搬进渤海。最初，人们用这个故事说明"世上无难事，只怕有心人"的道理；后来，人们又用这个故事来嘲笑不自量力、异想天开的行为；而现在，假如那些古老的先祖能看到今日光景，一定会惊讶得不能自已，把我们当作能够搬动大山的神仙顶礼膜拜。

那些机器，是板块推进器。它们沿大洋中脊与火山地震带分布，是未来重启大陆漂移的"第一推动力"。

当地壳铺设完毕，地热输送舰熔化地核与一部分地幔之后，这些深埋地下的庞大机器就会缓缓开始推动两侧的板块，将整个岩石圈送上数十亿年内都不会停休的循环、漂移之路，再之后的板块运动，就要靠深源地热来维持了。

板块推进器在裸露的地幔表面连成了一道道不可逾越的高墙，如果站在地幔上眺望，它们就像古代中国的长城，横亘荒原、贯穿天际，它们的阴影投在大地上，从太空中望去，仿佛一条条刚刚结疤的暗黑色伤口。

板块推进器全部到位后，地壳的重建工程开始了。

地壳铺设将以板块为单位进行，我们要事先造好整个板块，再将它嵌入板块推进器划出的空白区域中。由于板块体积太过巨大，因此生产厂房只能由同盟母舰本身来充当。

当我提出要腾出半艘母舰的空间时，议会勃然大怒，声称他们再也不会为这个荒谬的梦想投入一分钱。出乎意料，远在前线的彼得通过玛格丽特给议会传达了一段口信，之后议员们便彻底老实了，再没有一个人开口反对。

我和玛格丽特行走在一片寸草不生的荒原上，四周零零散散分布着血红色的圆柱形山丘。如果不是抬头就能看见高处母舰铁灰色的舱壳，我都要以为自己回到真正的地球上了。

"现在只是纯粹的地壳重塑，生物圈的恢复得等水圈、大气圈全部完工以后了，所以这里实在没什么风景可看。"我抱歉地冲元帅夫人笑了笑。"没关系。"玛格丽特虽然已经年过四十，但脚步依旧轻快，"我的古代地理学得还算不错，在唯一太阳时代，这里是美国的犹他州，对吧？"她望了望远处一根突兀耸立在沙漠中的岩株，问道。"没错。"我回答。"那么，等生物圈重塑之后，这里的风景也不会改变多少，顶多长出几簇仙人掌而已。"玛格丽特看起来心情很好，"总工程师，我们此刻已经真正行走在地球表面了，只不过是几十亿年前生命尚未登陆时的地球表面。"她扭头望着周围荒凉的景色，但穷尽目力也看不到这片沙漠的尽头。

"那是什么？"她忽然伸手一指远处，我顺着她的手指望去，地平线上尘土飞扬，尘土中有一台巨大的机器正不断轰鸣，缓缓移动。"那是'蚂蚁'。"我笑了。

古代地球上的各种地貌是千万年地质作用的结果。板块漂移挤出高山，撕裂深谷，季风和潮汐日复一日地改变海岸线的形状，海底火山喷发并造就岛链，江河在入海口堆起三角洲。无论哪一项都需要花费漫长的时间才能完成——当然，这个漫长也只是人类眼里的概念，对地球本身而言，几千万年的山脉也只不过是刚刚诞生的婴儿。

议会和元帅显然都等不起。

于是我们派出了"蚂蚁"。这是我们对那群大小不一的无人工程舰的统称，它们的尺寸从媲美一条山脉到只比蚯蚓略长不等，在我们事先编好的程序控制下自行打磨地表。如果说板块重建的前期工程是敲出了一块石料粗胚，那么"蚂蚁"就像巫师手中被施了法术的凿子，勤勤恳恳地雕琢着这块粗胚，要把它重塑成唯一太阳时代的样子。

北美板块上，落基山脉、阿拉斯加半岛、科罗拉多大峡谷、五大湖湖床等均已成形。"我们上去吧，夫人。"我对玛格丽特说道，"再过两个小时，我们就要释放北美板块了。"

下层所有人员全部撤离后，同盟母舰慢慢打开了整个腹部甲板。

我和玛格丽特乘坐一艘登陆艇，与北美板块一起缓缓下落。远处那颗恒星照亮了北美板块上凸起的山峰，为密苏里河与密西西比河预留的河床此刻只是一束束隐藏在阴影中的细长沙地，仿佛大地上的静脉血管。它们还要等上一段日子，等水圈和大气圈重建之后，才能再度激流滔滔。北美板块上还预留了若干巨大的空洞，那是为地热输送舰准备的，好让它们不至于被大地压成齑粉。

"艾伯特先生，你相信宗教吗？"玛格丽特突然问我。

我一时有点发愣，这个问题很奇怪，自唯一太阳时代之后，"宗教"这个词就渐渐消失在了时光深处，成为一个和象形文字、金字塔一样的历史名词。而在同盟世界与联合世界的漫长战争中，人们也早就习惯了不向神祇祈求，因为能够庇护我们、给我们带来安全感的只有舰队。

"在大学期间，我曾经选修过宗教学研究，我很喜欢那些古老的故事，但我并不相信它们。"我说道，不知自己这样说算不算回答了玛格丽特的问题。

元帅夫人点点头，随即放声大笑："你看，这就是我们亲手铸造的大地，我们的世界里，哪儿还有神祇的位置？"她伸出一根纤细的手指，指向窗外那缓缓下降的北美板块。

登陆艇飞掠北美板块上空时，我不禁吸了口气，暗暗赞同玛格丽特的看法。虽然我依旧不知道重建地球的真实意义何在，但毫无疑问，母舰工程局正在完成一项足以名留青史的壮举。我们没有借用雷神的锤子或者火神的铁砧，只凭自己的智慧与力量，便重建了一整块庞大的陆地。当平均厚达30千米的北美板块降落在地幔上方时，整个新地球都似乎颤抖了一下。而事实也的确如此，我的耳机里立即传来了母舰工程局的报告：由于北美板块的撞击，新地球围绕远处那颗恒星的公转轨道出现了偏离。

"真像拼图啊。"玛格丽特俯瞰着下方的北美板块说。

我点了点头表示赞同。元帅夫人说得没错，我们确实正将板块逐个嵌入板块推进器划出的空白区域中，本质上和孩子们玩儿的古老游戏没有区别。

"你们有没有在那些地层里加上相应的生物遗迹？"玛格丽特又问道。"当然，元帅的指令是'务必真实'，我们以公元2000年前后的地球为蓝本进行重建，自然要加入石油、煤炭、天然气和生物化石。"我回答道。重建北美板块的工程自下而上进行，我们严格按照古代地质记录施工，从寒武纪开始，然后是奥陶纪、志留纪、泥盆纪、石炭纪……那些裹挟着鱼类、两栖类、爬行类、鸟类和哺乳类化石的地层先后一一就位，母舰工程局的技术令这些化石几乎无懈可击，最内行的鉴定人员也难以分辨它们与博物馆中那些展品的区别。

"说实话，合成石油和煤炭不算什么难事，但您真该看看我跟议会提出这件事的时候他们脸上那副表情，就好像听说我要向他们借两块燧石打火一样。"我补充了一句。"不用理会。"玛格丽特扑哧一笑，"庇护同盟世界、在最前线浴血奋战的人可不是他们，而是我的丈夫和儿子。"

"说到您的儿子，"我说，"安德烈现在怎么样？""他很好，就是始终念念不忘地球重建进度。"玛格丽特无奈地笑笑，"待会儿回到母舰，我还要向他'汇报'这儿的情况呢。"

我不禁莞尔："那他什么时候才能亲自回来？""这要看彼得的意思了。"元帅夫人重重叹了口气，"我丈夫是个严厉的人，在他眼里，只要入了伍，亲生儿子就与普通士兵没有区别。第一线的士兵轮换回来休假之前，安德烈不可能离开战场。要说真有什么特殊优待，大概就是如果安德烈阵亡，他会亲自主持葬礼——不过，那也肯定是以一个父亲的身份，而非元帅的身份。"

我听得后背有些发凉。

不愧是领导了同盟世界整整二十年的元帅啊！

彼得率领舰队离开后两年，一批轮换休假的士兵从前线返回，安德烈和他们同行。与此同时，地表的最后一个板块——非洲板块，也已铺设到位。

我看着眼前这个刚刚成年的孩子，感慨万千。距离我们并肩站在地核上仰望熔岩从空中倾泻而下，已经过去了近八百个日子。这段时间里安德烈长高了一大截，脸庞消瘦了不少，却也因此显得愈发英俊。战争打磨掉了他身上的稚气，令他越来越像彼得，安德烈身上已经开始散发出一种无法掩盖的锐利锋芒——也许就是所谓的领袖气魄。

"你还好吗，孩子？"我问安德烈，同时伸出手想摸摸他的头顶。"还好，就是很长时间没有好好睡过觉了。对我而言，只有战斗和战斗间隔的短暂休息。"安德烈微笑着答道，同时礼貌而不失坚定地轻轻一偏脑袋，让我的手落在了他的肩膀上。"另外，艾伯特叔叔，我已经不是个孩子了。"他补充道，"我亲手击沉了三艘联合巡洋舰。"

三艘联合巡洋舰？那大概意味着六名联合上校，以及三千多名联合士兵的死亡。无论议会怎样指责同盟元帅行事跋扈，至少，彼得真真正正做到了让自己的孩子也亲临战争第一线，在这一点上，元帅与普通人完全平等。

"真是了不起。"我不善言辞，更说不出彼得那种激励人心的长篇大论，安德烈也了解我这一点，有些羞赧地接受了我的赞誉。

毕竟还是个孩子。我看着他因缺乏睡眠而显得苍白的面孔，暗自叹息一声。"彼——元帅怎么样？"我又问他。"我爸爸很好，仍然在指挥作战。"安德烈回答，"爸爸说过，没有外人的时候，您叫他彼得就行，不用这么拘谨。"这个孩子想了想，又补上一句，"如果将来我继任元帅，您也依旧可以像今天一样，直呼我的名字。"

继任？彼得真会战死沙场吗？我摇摇头把这个念头赶出脑海，岔开了话题："你看，要开始了。"我伸手指向远方。

我们正站在一道深不见底的悬崖边，周围是平坦、一望无际的荒原，一艘地热输送舰孤零零地矗立在地平线上，仿佛一根光秃秃的白桦树干。

远处，在那颗恒星的照耀下，地热输送舰顶端的喷口缓缓调转方向，直至与地面平行。我知道不只这一艘，全球所有地热输送舰都正在同步调转喷口。接着，地平线上那艘巨舰顶部蓦然喷出一道又长又耀眼的火柱，这条蓝中带青的火柱自东向西横跨大半个天空，火柱的光亮甚至照亮了上方同盟母舰的腹部。

安德烈转头向四周望去。视野范围内，到处都闪现出这种极光般的幽灵火焰，方向无一例外自东向西，每一艘地热输送舰的顶端都在熊熊燃烧，像极了纤细的白色火柴。

我抬头仰望天空。那些仿佛永远都不会变化位置的星辰似乎动了，而且还在缓缓加速、越来越快。

肯定是心理作用，我在内心笑了自己一声。即便站在唯一太阳时代的地球上，单凭肉眼也难以察觉群星的运动。

安德烈也和我一样瞪大了眼望着天空，但他脸上很快就显出了失望："艾伯特叔叔，根本没什么变化嘛。""要有耐心，孩——安德烈。"我总算及时改口，"自转重启不是一蹴而就的过程，我估计，至少需要六个月。""那我岂不是看不到了？"安德烈满脸遗憾。"真是抱歉，但元帅不可能让你在母舰休息半年。"我说。

古代地球的自转启动于太阳系形成之初，形成太阳系的那片星云刚刚冷却、凝结出八大行星时，角动量守恒定律就已经赋予了地球连续几十亿年旋转不休的能力。但我们现在显然没有那么奢侈的条件，只能靠地热输送舰这样的"行星引擎"来启动新地球的自转，在接下来的大概一百八十天的时间里，它们都会在地表的切线方向上日夜不休地喷射炽热的粒子流。

我和安德烈回到母舰，站在第一走廊的落地观测窗前向下俯瞰。新地球表面已经能够分辨出大陆的轮廓，此刻正对着我们的是欧亚大陆漫长的东部海岸线，日本列岛组成的岛链在裸露的海床上清晰可见。那些地热输送舰顶端长达上百公里的烈焰，让新地球看起来像极了一个插满生日蜡烛的蛋糕。

"动了！它真的动了！"安德烈忽然把脸贴到观测窗上，惊喜地喊道。

如安德烈所言，新地球表面昼夜两半球的分界——晨昏线正缓缓向西移去，马来群岛、日本和中国东部逐渐沉入黑暗，辽阔的中西伯利亚与印度次大陆则逐渐明亮起来，在远处那颗恒星的光芒下，喜马拉雅山脉在青藏高原上投下了一连串拉长的影子。

看着安德烈高兴的样子，我没忍心告诉他真相。先前由于各大板块降落时的撞击，新地球原本的公转轨道已经变形。对生物而言，地球公转轨道的偏离是不折不扣的灾难，离太阳稍微近一点儿，就会成为炽热的火狱；而稍微远一点儿，又会冷得让绝大多数生物灭绝。

因此，除了重启自转之外，地热输送舰还要担负调整新地球轨道的任务，此刻新地球的移动并非自转，而是在向原有轨道靠拢。不过，让这个刚满十八岁的孩子开心一会儿，有什么不好呢？

安德烈的假期只有短短三周，二十一天之后，他与战友们再度奔赴前线。

他离开后半个月，我们开始了地球土壤层的重建工作。建造板块的时候，我们只制造了基岩，并未在上面敷设土壤，因为那些板块的质量不足以产生抓住土壤的引力：在从母舰下降到新地球表面时，松散的土壤会大量流失在太空中。

第一批土壤播撒舰开始工作后，我收到了一只小箱子。箱子里装着一只古董化妆盒，还有两套陈旧的，却洗得十分干净的军服。我的秘书大惑不解，我让她把那只看起来颇为贵重的化妆盒送去民间物资募集处，然后淡淡加了一句：随便找一艘土壤播撒舰，把军服扔进货舱。

从那以后，母舰工程局开始越来越多地收到这样的包裹，包裹里都会有一些还算有点价值、可以变卖的东西，从怀表到银质刀叉不一而足，但一定还会附上某些个人物品，像是照片、信件、衣服、鞋袜等——无一例外都附上了主人的名字和生卒年月。

在我的关照下，母舰工程局收下了值得变卖的物品，而把那些战死将士的遗物送上土壤播撒舰。

不用想都能明白，是那位老妇人让更多人知道了我的承诺。虽然当初我只答应让她儿子一个人"入土为安"，但我并不想怪罪这位失去了儿子的母亲。说到底，重建地球并不能给民众带来什么切切实实的好处，直到现在，我也看不出彼得元帅究竟打的是什么主意。既然很长一段时间内地球都只能是个漂亮摆设，那不妨让它成为同盟将士的安息之地。这种形式的"落叶归根"，应该能让英烈们的在天之灵和他们尚在人世的亲属稍稍感受到安慰。

新地球表面昼夜不停地下起了土壤的大雨。当然，这一步也严格按照唯一太阳时代的地质资料进行，哪里肥沃、哪里贫瘠都有讲究，绝不能混淆，长江三角洲的泥沙是不会被播撒到撒哈拉沙漠去的。与土壤一同落向地面的还有无数同盟将士的遗物，他们的灵魂也像大雨一样，纷纷扬扬地落在尼罗河、伏尔加河、长江、黄河等哺育了众多民族的"母亲河"两岸。当生物圈重建之后，这些地方将迅速长出茂密的森林，把那些深埋地下的遗物不留痕迹地彻底分解。

我没有把这件事报告给彼得。作为母舰工程局的领导人，我觉得自己还是有权力决定这点事情的。

半年后，我和玛格丽特又一次来到新生的地球表面。与前几次不同，这一次我们脚下是厚重松软的土壤。我们正漫步在马达加斯加岛未来的海岸上，借着地平线上那颗恒星射出的微亮光芒，可以看出不远处的地势向下倾斜，形成一道深谷，平坦的谷底朝远方一路延伸，一直连接到将来会与马达加斯加隔海相望的非洲大陆上。当然，此刻海床仍是一片干涸的沙地，而非洲看起来则像一片耸立在海床上的高峻山脉。

天空中有大群椭球形的飞船往来穿梭，仿佛一群遨游在群星之间的鱼儿。它们的尾部喷出一串串又长又浓厚的白色水雾，纵横交织的雾气勾勒出了飞船的运行轨迹，在夜幕下拉成一张笼罩苍穹的杂乱大网。

那是氮、氧、氦、氖、氩、二氧化碳与水蒸气的混合气体，每一艘飞船中，压缩进了大约一千五百亿立方米的这种气体。在重建江河湖海等巨大水系之前，我们必须先恢复地球的大气层。没有大气层也就意味着气压为零，倾倒在地表上的水首先会因为低温而结冰，然后又会因恒星光线的直射而剧烈沸腾，散逸到太空中。

宇宙中从来就不缺水，缺的是能够承载、滋养生命的液态水。像古代太阳系中木卫六那样被厚重冰层覆盖的行星、卫星，简直要多少就有多少。

在彼得的命令下，舰队从冰行星上开采了十几万亿立方米的冰块，又从气体巨行星的风暴中分离出氮气、氧气，再将它们混合制成压缩气体，万里迢迢地运输到新地球来。

我已经学会了不再惊讶。元帅似乎无所不能。

"艾伯特。"玛格丽特的声音把我的目光从天上拉了回来，我这才意识到她已经落在我身后几步远的地方。"什么事，夫人？"我赶忙转身问道。

玛格丽特弯下腰，抓起一把松散的泥土，然后让砂砾从她指间缓缓洒落。"一直以来，你和母舰工程局的工作都很出色，彼得非常满意。"她没有看我，而是盯着脚下黑黝黝的泥土。

我内心没来由地一阵不安，低头道："职责所在，当然应该尽力而为。"

"这片泥土下面，有什么？"玛格丽特似乎能够看穿我的心思，问道。

我的神经骤然绷紧了："是地壳，夫人……""你又在回避我的问题，艾伯特。"玛格丽特摇头苦笑。

我沉默不语。元帅知道了？但以他的气量，应该还不会为了这点小事惩罚我。

"彼得没有生气。"玛格丽特似乎看出了我的担心，走过来拍了拍我的肩膀，"说实话，你让将士们'入土为安'的事情令他很意外，同时也令他很开心。既然我们重建了故乡，英雄们叶落归根也就是顺理成章的事情。只是，你完全没必要瞒着他。"最后一句话玛格丽特说得很轻，却很清晰。

我低下头，努力让她看不到我的表情："您说得没错，夫人。""记住，总工程师先生，彼得毕竟是你的老同学。"玛格丽特说。

我能听得出弦外之音。

彼得毕竟是同盟元帅。元帅不喜欢别人对他有所隐瞒，无论事情大小。

"好啦，艾伯特，放松些，别把脸拉得那么长。"玛格丽特忽然一笑，声音也柔和了起来，"我回去就跟彼得说，再多替他传几次话，整艘母舰上就要没人敢跟我聊天了——这吃力不讨好的差事，我不干了！来，再陪我走走。"说着，她迈开步子向前走去。

夫人忽然又停了下来，伸出一只手臂，仿佛在试图触摸什么。接着她蹲下身，再次抓起一把泥土，让它们从指间缓缓漏下。

泥土没有笔直洒落，而是在空中画出了一条向前方弯曲的弧线。

"艾伯特，你发现什么了吗？"她轻声问道。

"是风。"我回答。

玛格丽特高举手臂，泥土纷纷洒下，那条弧线愈发明显、宽大起来。

"真的是风。"她说完之后，低头陷入了沉默。

我等了一会儿，碰了碰她的肩膀："夫人？""噢，我没事，艾伯特。"玛格丽特抬起头，我注意到她的眼圈有些发红，"我……能不能摘下这个？"她指了指自己的脸。

我吓了一跳。唯一太阳时代那种笨重的宇航服早就成为历史，我们如今穿戴的舱外服十分轻便，其厚度、弹性都与普通衣物无异，而且不会影响皮肤的触觉。可我们并没有进化出在真空中呼吸的机能，虽然不再需要鱼缸似的头盔，但仍然得戴着舱外面具。这种透明面具的厚度只有两厘米，戴上后会根据佩戴者的面部形状自我调整至贴合最紧密的状态，和舱外服一样，它同样不影响触觉。此刻，我就能感受到一阵似有似无的微风正拂过面庞。

但是，取下面具？在大气浓度达标之前，谁敢这么做？

"还是不必了吧，夫人。"我小心翼翼地劝阻她，"地表大气还未混合均匀，如果贸然……"

"我明白，我不会让你担上这个风险的，也不会拿我自己的生命开玩笑。"玛格丽特深深吸了一口气，露出了一个微笑。"但刚刚有一刹那，我真的差点克制不住自己的冲动……"她敲击着自己脸上的舱外面具，发出清脆的响声。

能听到响声，说明这里的大气已经相当浓厚。

"我只是想亲身体验一下，微风拂面到底是一种什么样的感受，是不是像书上说的那样温和、惬意，"玛格丽特的笑容中带着歉意，"咳，也许我摘掉面具后反而会失望，毕竟它不影响触觉，戴与不戴没有太大分别……都快五十岁的人了，还像个小女孩一样幼稚，是不是挺可笑？"

我摇摇头："人之常情，夫人。"

唯一太阳时代的种种景象，早就在艺术家们的反复渲染下变成了天堂的象征。对一个人说他有机会吹一吹地球上真正的微风，诱惑力大概不亚于对一个中世纪基督徒说他可以摸一摸耶稣的袍子。

玛格丽特忽然又仰起头，望着天空。我不明所以，也跟着她向上望去。

我们头顶的网状雾气不知何时弥漫了开来，氤氲成一片厚重的灰色云团，那些椭球形飞船的轮廓在云层遮挡下变得朦朦胧胧，显得愈发像一群银色的游鱼。我忽然觉得有什么东西落在了脸颊上，伸手一摸，湿润而凉爽。

"下雨了。"玛格丽特喃喃道。

这个星球上的第一场雨，就这样不期而至。

风声忽然变大，一条又一条发亮的细线密集地划过天空，我们脚下棕色的土壤在雨水的冲刷下渐渐变成了黑色。"回去吗，夫人？"我问道。

玛格丽特摇摇头，她在雨中仰面朝天张开双臂，尽情地大口呼吸，虽然她只能吸入舱外服携带的压缩氧，但看着她那副陶醉的模样，我想起了安德烈目睹地热输送舰启动时兴奋的表情——就让她在自己的幻想中再沉浸一会儿吧。

"艾伯特，在真正的地球上，第一场雨是什么样子？"玛格丽特保持着那个十字架般的姿势，头也不回地问我。我略微一愣："啊，夫人，那可不是什么美好的画面。地球形成之初，地壳活动还相当频繁，那时候的雨更像是从天上泼下的开水，滚烫的水滴落在被地热烤得松软的岩石上，又瞬间蒸发成缕缕白汽……地狱如果存在，大概就是这个样子。"

"你们这些男人真是讨厌。"玛格丽特的手臂忽然垂落了下来，她咯咯笑道，"你就不能编几句好听一点儿的话吗？艾伯特，这不会就是你到现在都没有结婚的原因吧？"

我只有苦笑以对。

雨越来越大，我们脚下的土壤开始变得泥泞，低洼处甚至出现了小水塘，几条涓涓细流沿着附近的缓坡流了下去，注入马达加斯加岛与非洲大陆之间的莫桑比克海峡。"走吧，艾伯特。"玛格丽特转身说道。她的步子忽然轻快了起来，脚步声伴着滴滴答答的雨声，听起来十分悦耳。

登陆艇缓缓起飞，返回同盟母舰。我们离湿漉漉的云层越来越近，雨滴敲在舷窗的玻璃上，随即向下滚落，在登陆艇铁灰色的外壳上拉出一条条闪亮的、不停滚动的直线。玛格丽特像个好奇的小女孩一样把脸紧紧贴在窗玻璃上，俯瞰着雨帘中朦朦胧胧的大地。雾气愈发浓厚起来，飞船仿佛一头钻进了乳白色的蛛网之中，丝丝缕缕的气体在玛格丽特鼻尖飘荡，玻璃上一片模糊，已经分不清到底是云层还是她呼出的水汽。不久，飞船穿出云层，我们的视野重新空旷、开阔起来，黑暗的天幕上群星闪耀，同盟母舰犹如一块漂浮的大陆庄严地穿过苍穹。借着微茫的星光，可以看到我们下方到处都飘荡着薄纱般的云彩，仿佛一件被扯得破破烂烂的丝绸长袍。

"艾伯特，什么时候开始重建海洋？"玛格丽特终于从窗前退了下来，问道。"最迟三个月后，夫人。"我迅速答道。

"我很好奇，你们会怎样弄来需要的水。"元帅夫人说，"难道也像这样，一船一船地跨越星空运到新地球来？那未免太笨了些。"她指指远处仍然在喷洒大气的椭球形飞船。

我笑了起来："不，夫人，您要知道，宇宙中并不缺水。母舰工程局会让它们自己飞到这里。"

九十二天后，海洋如期抵达新生的地球。

母舰工程局总部那张全息天球图上，三千四百万颗大小不一的彗星正从银河各个角落疾驰而至，它们互相交错的轨迹在星空中编织出了一只松松垮垮的"鸟巢"，同盟母舰和新地球处于鸟巢正中央，恰如两颗被保护起来的巨卵。

这些彗星都是表面布满尘埃的巨大冰疙瘩，灰扑扑、暗沉沉的，如果没有那闪亮的彗尾，用肉眼实在难以从星空背景中将它们分辨出来。同盟世界的引力武器把它们从远方"召唤"到这里，从地球重建工程开始的那一天，它们就已经日夜兼程地朝着母舰进发。第一批三千四百万颗彗星将为地球送来超过四十亿立方千米的水。此后半年时间里，还会有更多彗星陆续抵达，送上重建地球水圈所需的总共一百三十八亿立方千米的水。

玛格丽特坐在一座光秃秃的小山丘上，拍了拍身边的地面："坐下吧，艾伯特。我说过很多次了，你不用这么拘谨。"

我这才盘腿在她身边坐下。此时夜色正深，向山脚望去，隐隐能看出我们正坐在一个巨大盆地的边缘，盆地底部平坦而辽阔，朝远方延伸直至隐没在黑暗中。

"夫人，我不明白，为什么您执意要让第一颗彗星落在这里？"我问道，"按理来说，大西洋海盆比这儿地势更低，应该让水先填满那里才是。""总工程师阁下，你什么时候才能按感性的方式去思考呢？"玛格丽特的笑容有些无奈，"我并没有什么高深莫测的考虑，纯粹只是因为这片海洋的名字罢了。"

我这才醒悟过来。

在唯一太阳时代，下面那片光秃秃的洼地，叫爱琴海。

确实是个很美妙、令人动心的名字。爱琴海上曾经升起过希腊文明的旭日，这轮旭日的光芒向西照亮直布罗陀海峡，向东照亮从伊斯坦布尔到莫斯科之间的广大土地，而它的继承者罗马更是将文明的火种洒遍了整个地中海沿岸。

我看着元帅夫人湛蓝的眼睛，忽然想起，按血统来说，她的祖先正是希腊裔。

自从古老的地球毁灭、文明进入星舰时代以后，"故土"就变成了一个日益模糊的词汇，很少有人会提及。在我们的意识深处，除了地球，广袤的宇宙里没有一处可以称为家乡。当家乡毁灭，同盟世界与联合世界也就成了星空中的流浪者，母舰上的每一个人都生于旅途，长于旅途，老于旅途，最后死于旅途，并在中央公墓里觅得一块安息之地。

我曾经和彼得谈过自己对地球重建工程的担忧。我虽然不懂战争，但作为一个业余历史爱好者，我深知人类的思乡情结有多么浓重，即便已经在群星之间流浪数百年，那种候鸟归巢般的习性始终烙在我们的血液与基因里，挥之不去。如果同盟世界有了一个新的"故乡"，也就意味着前线的将士们有了一个可以逃去的地方，这会不会引起士气的溃散？

当时彼得并未在意这一点。他认为地球重建的影响将与我预料的恰恰相反，会极大地激起战士们的斗志，因为他们有了一个比从前到过的任何星球都更值得拼命保护的地方。

如果元帅此刻能看到玛格丽特的目光，就会意识到我的担忧并非空穴来风。

同盟世界的人们对新地球这个"故乡"的认同，来得比我想象的还要快。上至元帅夫人，下至普通百姓，我从每一个人的眼睛里都能看到他们对这片土地的偏爱、向往。

"来了。"玛格丽特眯着眼睛眺望天空，忽然说道。

一条几不可见的淡蓝色细线划过苍穹，它的前端骤然亮起一簇耀眼的橘红色火光，继而一闪即逝，消失在夜色里。

随后，几次呼吸的时间里，整片夜空里到处燃起了拖着蓝色尾迹的红色火焰，小的只有针尖大小，大的则有雪茄般粗细，仿佛希腊神话里的跛脚火神不小心打翻了匠炉，让神圣的火种洒满苍穹。

"要是普罗米修斯看到这幅场景，怕是要哀叹自己完全不必大费周章去偷天火，还白白在高加索山上吃了那么多年的苦头。"玛格丽特的眼神闪闪发亮。

携带着生命之水的彗星，终于抵达。

这些巨大的冰块风尘仆仆地穿过寒冷的星空，一头扎进新地球，并在坠落过程中与厚重的大气剧烈摩擦，把自身燃烧殆尽，化作袅袅水汽洒落人间。

暴雨很快就要来了。这与人类历史上任何有记载的降水都不同，是整片海洋从天空降落地面的过程，台风、海啸都要相形见绌，也许只有《圣经》中的大洪水可以与之媲美。

"唯一太阳时代有个传说，每一颗流星可以实现人的一个愿望。如果真是这样，那么我已经是世界上最幸福的人了。"玛格丽特指着天边壮丽的流星雨，高兴地说道。"夫人也有这么多愿望？"我惊讶地问。"我力所不及的事情比你想象的要多，艾伯特。"她的笑意有些落寞。

狂风呼啸。水汽浓度的猛增导致大气上层的温度迅速变化，一股遍及全球的强对流正在形成，积雨云在我们头顶以肉眼可见的速度凝聚，遮蔽了星空，那些蓝红相间的流星渐渐变得稀疏起来，偶尔才会在云层缝隙中闪亮一下。

一道电光骤然划破黑漆漆的夜幕，一刹那间，我看清了光秃秃的爱琴海海床，赤裸、毫无生机、面目可憎。随后是母舰时代从未响起过的雷声，由远及近滚滚而至，沉闷、摄人心魄。

接连不断的叉状闪电撕裂了云层，暴雨倾盆而下。地平线上孤零零地矗立着几艘地热输送舰，地球自转重启完毕后，它们顶端的粒子炽焰就再也没有亮起过。此刻，从我的位置看去，那些高耸入云的阴影仿佛传说中海怪居住的孤岛，阴森、凄凉，一点儿都看不出文明造物的痕迹。

一个彻头彻尾的蛮荒世界。

"怪不得祖先们需要那么多神祇的庇佑，人类真是渺小。"玛格丽特仰望天空，她蓝色的眼睛在电光中微微发青，仿佛两颗多彩宝石。

"夫人，我们背后是山脉，降落的雨水很快就会化为洪流，我们必须登船了。"我提醒她。"登船，但不要起飞。"玛格丽特点点头，命令道。"不起飞？"我以为自己没有听清。"你不想尝尝驾驶诺亚方舟的滋味吗？"玛格丽特坏笑道。

我愕然。为了在富含液态水的星球表面降落，登陆艇的确有在水中行驶的功能，令我惊异的是，夫人此刻好像真的年轻了几十岁，变成了一个调皮的少女。

洪流如期而至。浪潮汹涌，波涛转眼越过山脉与海岸之间的平原，裹挟着我们的登陆艇冲下海床，涌向爱琴海深处。

登陆艇的平衡系统能应付比地球险恶百倍的环境，但那风驰电掣的俯冲速度还是令我有些胆战心惊，生怕登陆艇会被打翻。与我相反，夫人却在哈哈大笑："看啊，艾伯特！这就是祖先们的海洋！"

洪峰正从四面八方涌入海盆，混乱的激流彼此冲撞，在海床上形成了无数巨大的漩涡。登陆艇就像一片轻飘飘的树叶，被浪头抛来抛去。

我正在查看航向，眼角的余光却瞥见玛格丽特用力打开了登陆艇的天窗，我一抬头，她已经把半个身子探了出去。"夫人！您要做什么？"我吓得魂不附体，赶忙扑过去拽住她的脚踝。"呸，艾伯特，你要是真担心，就上来保护我啊！"玛格丽特咯咯笑着踢开我的手，随即迅速爬上舱顶。

我顾不得泼进舱内的大雨，立即跟着她爬了出去。登陆艇在惊涛骇浪中剧烈颠簸，我必须四肢着地、像只蜘蛛一样附在舱顶上才能保持平衡；与我相反，玛格丽特的身姿却依旧十分优雅，元帅夫人张开双臂摇摇摆摆地朝登陆艇最前端走去，她脚下仿佛不是一艘任凭大海摆布的小船，而只是一根普通的平衡木。

"夫……夫人！"我艰难地抬头喊道，"请您回来！"

玛格丽特头也不回地说了一句什么，但她的声音在狂风骤雨中几不可闻，只有借着不停划过天空的闪电，我才能确认元帅夫人依旧稳稳当当地站在船头，没有被抛进大海。

我试着直起腰，但双手刚刚离开舱顶，身体就控制不住地一路朝后滑落，我惊得立即重新趴了回去，老老实实不敢动弹，只能眼睁睁看着她"恣意妄为"。

过了一会儿，夫人依然没有任何转身返回的意思。我只好一寸一寸慢慢朝她那边挪动，同时向我能想到的每一个神灵祈祷，求他们保佑玛格丽特不要出事，否则彼得一定会活活剐了我。

等我终于爬到玛格丽特身边时，她已经坐了下来，两手稳稳撑在舱顶上，仿佛一尊钉在那儿的船首像。

我突然明白了为什么玛格丽特说这是"祖先的海洋"。

古代的腓尼基人就是从这里的岸边起航，他们的舰队张起紫色船帆，满载货物消失在天际，然后又满载财富从天际归来。早在西班牙人、葡萄牙人、荷兰人和英国人之前，腓尼基人就已经谱写了一个海上商业帝国的神话。

玛格丽特的祖先们在这里烧制陶器、种植作物、捕捞鱼类、敬拜神灵、建造城邦。我不由自主地回头眺望海岸，几乎要相信那里矗立着雪白的雅典卫城。

"艾伯特，等我一会儿。"夫人忽然又站起身，毫不犹豫地纵身跃入水中，姿势优美得就像一条海豚。

我惊得几乎魂飞天外。玛格丽特瞬间就被浪涛吞没，但她随即又从水面上探出了头，一边咳嗽，一边用力甩着头发，然后再度沉下去，如此反复，她第四次露出水面时似乎已经能够驾驭狂乱的激流，她紧紧贴着登陆艇，以漂亮的姿势随波逐流向前游去。"夫人！您快上来吧！"我在暴风雨中竭力喊道，声音里透着恳求。

夫人似乎听懂了我的意思，她打了个手势，示意我先回船舱，然后一个猛子扎入船底。

我掉头以最快的速度爬了回去，几乎是用倒栽葱的姿势从天窗摔进驾驶舱。我顾不得抹掉脸上的雨水，关上天窗后按下控制台上的按钮，打开登陆艇尾部用于回收深潜器的舱门，接着一路冲向登陆艇尾端。舱门下的海水黑漆漆一片，我六神无主地祈祷着夫人疯狂的举动千万别让她搭上性命，否则后果如何，没人敢想象。

一分钟，两分钟……几乎长达半个世纪的寂静之后，一颗头发乱蓬蓬的脑袋突然从舱门下的海水里钻了出来，夫人大口喘着气，我用力抓住她伸出的胳膊，把她拉了上来。

"真刺激，是不是，艾伯特？"夫人浑身湿漉漉地靠着舱壁，似乎有些疲倦，但仍然无法掩饰脸上兴奋的神情。我一屁股坐了下来，感觉浑身精力在一瞬间被抽空："夫人，求您千万别有下一次了，就算有，好歹也提前说一声，让我做好准备——""那就不叫冒险啦。"玛格丽特笑着摇摇头，海水顺着她棕红色的头发滴落在地板上，在舱内有些昏暗的灯光下，她看起来仿佛是一个来自往日的幽灵，一个维多利亚时代初次出海的年轻女水手。

她血液里祖先留下的冒险基因，似乎全部在今晚迸发了出来。

"我们可以回去了吧，夫人？"我稍稍定了定神，问道。"当然。对不起，今晚我把你吓得不轻，艾伯特。"玛格丽特站在舱门边用力拧干头发，有些调皮地说道。

登陆艇离开狂暴的海洋，向上方厚重的积雨云层升去。闪电不停划过天空，一次又一次短暂地照亮黑漆漆的水面，虽然明知道那下面什么都没有，但俯瞰正在成形的地中海时，我仍然感受到了一阵没来由的不安。

当你凝望深渊，深渊也在回望你。人类心中对未知的恐惧根深蒂固，即便到了星舰时代也是如此。难怪塞壬、北海巨妖这样的怪物的故事会在海边居民中口耳相传。

一道明亮的赤红色火光忽然钻破云层，在我们北方不远处落向水面。那是一颗格外巨大的彗星，与大气层的剧烈摩擦没能将它燃烧殆尽，我们亲眼看见裹挟着烈焰与寒冰的彗核坠进深不足千米的海洋。一刹那间地中海似乎变作了一只巨大的浴盆，而彗星撞击处就是拔开了塞子的下水口，海水围绕"盆"的边缘疯狂旋转，辽阔的水面上雾气蒸腾，一阵比雷声更加洪亮、震慑人心的巨响传向高空，整个海面仿佛成了一张巨大的鼓皮，而彗星则是一只重重砸在鼓面上的拳头。黑暗的水面上，一层层细小的"涟漪"朝岸边和地中海深处源源不断地涌去，那是高达数十米乃至上百米的海浪，它们可能一路冲上陆地，甚至漫到阿尔卑斯山脚下。

几座孤零零的尖峰突兀地刺破水面，散布在海洋各处，仿佛被天神遗弃的巨大礁石。玛格丽特低头盯着它们，渐渐皱起了眉："艾伯特，是我的错觉吗？那些地热输送舰在下沉？""没错，夫人。"我很快答道，"按照母舰工程局的预设，它们已经开始向下传递热量，熔化地核的金属与地幔岩石。"

暴风雨中，散落地中海各处的地热输送舰正以肉眼可见的速度一点点下沉。它们是这颗星球的心脏起搏器，冰冷、死寂的地核将在强大热能的"电击"下缓缓跳动起来，而行星的血液——岩浆，也会随之逐渐恢复流动。地热输送舰最后会沉入地心，被那里的高温彻底融化，它们在地表造成的空洞将由自然上涌的岩浆来填补，不留任何痕迹。

虽然看不见，但我知道遍布地下的板块推进器也在此时投入了工作，从这一刻起，新地球上的大陆开始移动了。地核物质熔化的同时，地球磁场也在恢复，一个无形的保护罩正在高空张开，接下来数千万年的时光里，地磁场会被强劲的恒星风从球形渐渐吹成水滴形，候鸟与鱼群将在它的指引下年复一年地迁徙、洄游，并走向繁荣昌盛。

登陆艇跃出云层。刹那间，窗外的视野重新明亮、开阔起来，在地面上看起来灰暗无比的积雨云此刻泛着淡淡的银白，星光洒在茫茫云海上，清爽、寒冷。不停坠落的彗星在云海各处砸开一个又一个窟窿，窟窿深处透出闪电与火光，如同希腊神话中为宙斯锻造雷霆的匠炉。

海洋正在重生。我站在窗前，心潮澎湃。重建地球的最后一步——再造生物圈，就要到来了。

二　安德烈

我是安德烈·兰开斯特。

我从来不曾假装自己是个普通人，从记事的那一天起，我就知道自己的身份与众不同。

我是同盟元帅彼得·兰开斯特的儿子。

父亲告诉我，我身上流着军人的血，我的家人不仅只有他和母亲，还有同盟的亿万民众。

父亲还说，总有一天他会先我而去，在他死后，无论我是否愿意，都必须挑起保护同盟的重担。

自十六岁跟随父亲远征联合世界以来，我觉得父亲所说的这一天愈来愈近了。

当然，我不是对他缺乏信心，恰恰相反，只要看到他高大的身影屹立在舰桥上，所有同盟将士就都会感到无比安心。除了联合世界的秦非司令，还从未有人能在战场上让父亲吃亏。

但每当我仰望他宽阔的后背，心底总会升起一丝隐隐的忧虑。过了十八岁生日以后，这种忧虑变得越来越强烈。我只能用理智对抗自己的直觉——我会失去父亲？同盟世界会失去元帅？无论怎么想，这件事都显得那么荒唐。

前线的生活枯燥乏味，而且紧张得让人的神经几乎要绷断。我唯一的消遣是每周和母亲通话一次——时长严格限制在三十分钟之内，与普通士兵一样。镜头里的母亲看起来永远那么年轻、开朗，每次她都会向我详细描述新地球的重建进度——她知道这是同盟母舰上最让我牵挂的事情。领导母舰工程局的艾伯特叔叔也没有让我失望，新地球正迅速显出轮廓，虽然还要等上一些时日才能完工，但它现在所显现出的美丽已经令我叹为观止。

舰队出征两年后，父亲终于批准了我的第一个假期，让我回到同盟母舰与母亲暂时团聚。在那短短几周的假期中，我亲眼见证了新地球自转的重启。艾伯特叔叔向我保证，我们凯旋之日，母舰工程局会准备好一个与唯一太阳时代一模一样的地球，迎接我们这些英雄归来。就像父亲出发远征前的演说所描述的那样，我们将坐在蓝天下的草地上，享受蜜糖般的和平岁月。

快乐的时光总是十分短暂。接我们返回前线的运兵船如期停靠第一军港。在同盟疆域边缘，战事依旧呈胶着状态。

返回前线后，时间很快又过去了一年。这一年里，我的官阶从上尉升到了少校。

我升职后一周，同盟舰队又进行了一次跃迁，来到一个荒凉、毫无生机的星系中。这个星系中离我们最近的是一颗气体巨行星，它那充斥着风暴的大气层中有一个鲜红的巨型漩涡，从旗舰上望去，这漩涡就像一只充血、不怀好意的眼睛，冷冷地打量着我们这群不速之客。

我躺在自己狭小的舱室里，烦躁不安地眺望着窗外。那颗气体巨行星表面的云层变幻莫测，就像一张胡乱涂抹出来的油画，越看越令人头晕目眩。我干脆闭上眼睛，强迫自己休息一会儿。

三年来，随着战斗的持续，我心中有一个疑问正变得越来越迫切地需要解答，特别是最近，它几乎让我坐立不安。我一直想找个机会私下同父亲谈谈，可是高强度的战斗让我与父亲都根本无暇分身。他坐镇舰桥，而我是一名下层指挥官。旗舰上每个人都知道我是元帅之子，许多士兵一开始都认为我只是到前线做做样子，为日后积攒政治资本，但父亲的决定让他们都大跌眼镜。他把我派到了第一线上，让我直面联合星舰的火力——我没有怨言，父亲当年也是这样一步步走上元帅之位，他能做到的事情，我也必须能做到，否则何谈领导同盟？

在前线的三年里，我和父亲只见过几面，而且还都是在他离开舰桥、检阅战斗人员的时候，至于私下会晤，一次都没有。我也从未动过去找他的念头，因为我知道这会让他雷霆大怒。

但我总有一天要接过同盟元帅的重担。父亲必须给我一个解释。

下定决心之后，我起身下床，离开生活舱向舰桥走去。路上的警卫们全都认识我，这是我第一次主动来到舰桥，他们虽然惊讶，但也没有阻拦，一名警卫甚至跟我开玩笑："怎么，小元帅，终于要跟你老爹谈谈人生了？"

来到元帅舱，门口的卫兵看到我有些意外，不等他开口，我就问道："我父亲在吗？"

我要找父亲，而不是找元帅。卫兵的脑筋很灵光，他马上就明白了我有私事："阁下正在里面，容我进去通报——"

我制止了他，轻轻把舱门推开一道缝隙。父亲坐在一张宽大的沙发上，若有所思。他面前的桌上漂浮着一颗星球的全息影像，我认出那正是重建中的新地球。

舱门开启的轻响声引起了父亲的注意，他把目光投向我这边，先是露出了诧异的表情，随后沉下了脸："兰开斯特少校，谁允许你擅离岗位？""我已经交了班，现在是我个人的休息时间。"我拉开门，"我想问你一些事情，爸爸。"

此前三年里，我一直与普通士兵一样称呼他为元帅。

父亲的眉头皱了起来，我以为他就要大发雷霆，但我仍然坚定地站在门口，没有后退。出乎意料，想象中的劈头痛骂并没有来临，父亲冲我招了招手："进来，把门关上。"

我第一次来到元帅舱，这里并没有想象的那么华丽，只有一套办公桌椅和用以接待参谋们的沙发，父亲的床摆在舱室角落，上面铺着一套干净却褪色严重的被褥，显然已经使用多年。

"坐下吧。"父亲指了指他对面的沙发，"你有什么要问的，孩子？"此刻没有外人，他也不再称呼我为少校。

我走到他对面坐了下来。新地球的影像在我们之间的桌子上旋转不休，元帅舱宽大的落地窗外，那颗气体巨行星上的红色大漩涡缓缓移动着，令我觉得这颗行星像个鬼鬼祟祟的偷窥者，正监视着我们的谈话。

我犹豫了一下，不知该从哪儿开始。倒是父亲先开口了："我猜，你想知道的事情，与它有关，对不对？"父亲伸手点了点新地球的影像，我注意到影像表面大部分区域被蓝色覆盖——也就是说，母舰工程局已经重建了海洋。

"是的。"我终于说道，"爸爸，你为什么要把这么多资源投入到地球的重建工程上？如果同盟世界将这部分力量也转向前线，那么战事无疑会顺利得多。"

"你开始像一个军人那样思考了。很好，这三年里，你确确实实在成长。"父亲点点头，然后他站起身，走到窗前，"安德烈，你觉得这场战争持续到最后，结果是什么？""同盟世界必将胜利。"我条件反射般地回答。

父亲摇了摇头："忘掉那些陈词滥调。"

"嗯……"我迟疑着，"我认为战争不会彻底结束。当同盟世界或者联合世界的其中一方落了下风，就会提出暂时停火，而另一方也多半已经消耗得没有精力去赶尽杀绝，在短则几年长则几十年的休养生息之后，总会有一方再度挑起事端，如此循环往复……""之前数百年里，游戏规则的确是这样的。"父亲背对着我，他把额头贴在玻璃上，罕见地露出疲惫的神情，"这就像两个小孩子幼稚的打斗，累了坐下来喘口气，然后接着再打……很无聊，是不是？但纵观过去，这样乏味的战争总是一次又一次地发生，然后一次又一次地重启历史的循环。"

我不知道该怎么接话。父亲从来没跟我聊过历史，那更像是艾伯特叔叔感兴趣的话题。在我的印象里，父亲的目光永远集中于当下和未来，至于过去已经发生的事情，他了解，却不屑谈论。

"我在赫尔曼大学时，交了很多朋友，但特别的只有那么几个，你艾伯特叔叔是其中之一。"父亲说道，"他和我不同，是个有古典气息，或者说有老学究气息的家伙。他沉迷历史，身上总是散发着一股子怀旧的味道。那时我还没被上任元帅选为接班人，所以在我面前，艾伯特的嘴巴不像如今这么严实。我们曾有一次一起喝酒，他灌得有点儿多，发了些牢骚。时隔这么多年，再加上艾伯特那时候脑子不大清醒，他可能早就忘了这件事。但说者无意，听者有心。"父亲露出淡淡的微笑，我注意到他一向刮得干干净净的下巴上冒出了一片细密、凌乱的胡茬。是最近的战事过于激烈，让他无暇顾及这些细节了？

"艾伯特给了我启发。他让我看到了一个崭新的解决方案，不同于以前每一代元帅所选择的道路，这个方案……"父亲停了停，漫不经心地挠了挠下颌，似乎是在思考怎么继续说下去。

他忽然又转身走了回来。"还是让艾伯特亲自讲给你听吧。"父亲笑着俯身在桌面上一敲，半空中不停旋转的新地球影像闪烁了几下，然后消失，光滑的玻璃桌面上浮现出操作界面，父亲输入几条指令，桌子上方投射出一幅略显混乱的场景，似乎是某个酒吧内的角落。昏暗的灯光照亮了狭窄的吧台，一个醉眼蒙眬的年轻人坐在那儿。"酒保！再来一杯！"他大声喊道，随即脑袋重重往下一沉，几乎磕在桌面上。

一只手伸进画面中央，拍了拍他的肩膀，父亲的嗓音在嘈杂的背景乐声中响起："艾伯特，你喝多了。"

我这才意识到这是父亲的视角，他导出了自己的一段记忆，储存在舰桥主机里。

"不，我没有。"年轻的艾伯特叔叔像每一个醉汉那样矢口否认，"我还能……再……""我不拦着，反正今天是你请客。"年轻的父亲爽朗大笑，那时候他的声音还不像现在这么低沉、富有感召力，更像一个大男孩。

"彼得老弟。"画面突然拉近，艾伯特叔叔的脸一下子大了一圈，他搂住父亲的脖子，将父亲朝自己那边拽了过去。"我说，你有没有想过，离开大学之后，到哪里去？"艾伯特叔叔醉醺醺地问。我几乎能透过影像闻到从他口中喷出的酒气。

画面晃了晃，年轻的父亲似乎在试图挣脱他："当然是上前线，艾伯特。""啊，前线，没错，你学的是指挥嘛，专门培养将军的专业。"艾伯特叔叔松开了父亲，接过酒保递来的杯子，"我指的是更远一点的未来，你要成为……什么样的人物？"他的脑袋又是重重一沉。

"也许，成为同盟元帅？"父亲隔了一会儿才回答道，而且没有刻意压低声音，丝毫不在意周围人多嘴杂。

艾伯特叔叔猛地抬头，一刹那间他红彤彤的脸颊似乎苍白了几分，酒意好像也消散了些。"同……盟……"他吃力地吐出这两个音节。父亲替他说完了这个词的剩余部分："元帅。"父亲的语气一点都不像在开玩笑。

艾伯特叔叔有些惊愕地打量着父亲，两三秒后，他忽然放声大笑："就冲这句话，我得再干一杯，你果然是好样的，彼得！"他说着举起酒保刚刚送上的杯子，一饮而尽。

"那么，老弟，作为你未来的人民，我要问问你，整个同盟世界，将往哪里去？"艾伯特叔叔忽然起身凑近父亲，瞪着他问道。

"不在其位，不谋其政。等我真的坐上了那把椅子，再来谈这个问题。"父亲伸手把他推回座位。

"等你成为元帅再思考这个问题就来不及啦！"艾伯特叔叔重重坐了回去，"在战争打响之前谋划战争的人，那是将军；在战争结束之前决定战后世界的走向，这才是政治家。"

"你有何高见？"父亲平静地问。

"战争，该死的战争，从我爷爷的爷爷那一辈儿起就在打，我看等到我当了爷爷，它也不会结束。"艾伯特叔叔似乎有些疲倦了，他趴在吧台上，把头深深埋进两臂之间，"我常常在想，要是历史能重来一遍，要是当初人类跨入星际宇航时代的时候没有分成同盟、联合两大阵营，会怎么样？""历史没有如果。"父亲沉稳地回答。"一句绝对正确的废话。"艾伯特叔叔抬起一只胳膊胡乱挥了挥，却差点摔下椅子，幸好父亲及时扶了他一把。"说这句话的人，大概总想着只有靠时光机一类的东西才能回到过去。"艾伯特叔叔好不容易摆正身子，说道。"难道不是？"父亲问。

"不是，当然不是。"艾伯特叔叔大摇其头，"为什么总想着穿越时空？我们为什么不能就在当下，重启过去，给子孙们一个崭新的未来？""你是什么意思？"父亲皱起了眉。

艾伯特叔叔忽然笑了，在酒吧的灯光下，他的牙齿洁白得有些诡异："很简单啊，彼得，你这样的聪明人应该能想到。既然地球没了，那再造一个就是了，然后把人类——不，人类不行，得是猿人，把一群猿人扔上去，给他们一个唯一太阳时代的环境，我们躲得远远的，最好把他们丢到宇宙的某个偏远角落，谁也管不着谁也无法干涉，让他们从头发展，从自学用火和制陶开始，彻底重启人类的历史，彻底……重启……"艾伯特叔叔的头似乎终于无法抗拒母舰的人造重力，垂落在吧台上，几秒钟后，他就打起了响亮的呼噜。

一阵沉默。然后，年轻的父亲的声音响起："酒保，结账。"

悬在半空的影像到此消失，我抬头看着对面沙发上的父亲，我知道自己脸上此刻一定写满了震惊，而他的表情看起来十分满意："那天本来是艾伯特请客，但就冲他给我的启发，我就应该替他买单。"

"爸爸，你重建地球，不是为了让同盟人民回去居住？"我低声问道。

"如果要问我的初衷的话，不是。"父亲又站起身，背着双手开始来回踱步，"我要把人类这个族群从战争的泥潭中解放出来，但不一定必须解放这一代人。解放我们的子孙，也并没有什么不同。假如再给人类一次机会，让他们重新学习如何认识这个世界、如何与同类相处，可能，他们会做得比我们更加高明。"没等我开口，父亲就截住了我的话头："当然，他们也可能比我们还愚蠢，在踏入星舰时代之前就用核弹毁灭了自己，但是不试试怎么知道呢？"

"爸爸，这实在……太疯狂了！"我终于有些艰难地嚅动嘴唇，挤出了这句话。

"这些年里，其实我的想法也一直在改变。"父亲叹了口气，"如果真的只让一群猿人住在新地球上，那是何等地浪费啊。我想过许多种方案，譬如把新地球作为同盟世界与联合世界之间的过渡地带、通商口岸，以此缓冲战争；或者真的像我对议会承诺的那样，让同盟人民移居新地球……艾伯特两小时前向我提交了报告，他们正着手恢复生物圈。"父亲伸手在桌面上点了几下，蔚蓝的地球影像重新出现，在半空中缓缓旋转。"从地球重建工程开始算起，已经过去了差不多十年。艾伯特曾经对我承诺，十五年内完工，剩下的五年里，母舰工程局会努力把生物圈恢复到公元2000年左右的模样。"

父亲喘了口气，眉宇间再次浮现出难以掩饰的疲惫："安德烈，我不知自己能否等到那一天，新地球的最终命运，也许要由你来决定。"

我吓了一跳："爸爸，你说什么？"

父亲又是一笑，朝窗外挥挥手："你看那颗行星，是不是有点眼熟？"

我抬起头。其实从舰队结束跃迁、巨行星映入眼帘的一刹那，我就隐约猜到了这是哪里。

气体巨行星很多，但拥有这样著名的大红斑的行星，在人类天文学史上独一无二。

"木星？"我低声问道。

父亲点点头，一点都不意外我这么快就猜到了谜底："就是它，古代中国人用以纪年的太岁，罗马人敬拜的大神朱庇特。"

我不由自主地起身走到窗前，没有去看色泽鲜艳诡谲的木星，而是把目光投向更远处的那个光点。我知道它是一个直径一百四十万千米的巨大火球，但从木星轨道上看去，它已经几乎缩成一个渺小的亮斑。

太阳。

养育了古代地球上整个庞大生态系统的母亲恒星。第一个卑微的蓝藻细胞在它的照耀下开始光合作用，启动了进化链条的第一环。从随波逐流浮游在水面上的细菌开始，生命创造了一系列奇迹，而且越来越惊人。

但随着地球毁灭，"太阳"一词也彻底成为历史。同盟世界与联合世界各自开辟了成千上万的行星殖民地，有些甚至比当初的地球更加繁荣，却再没有哪一颗恒星被授予"太阳"的头衔。双方似乎形成了一种默契，把这个崇高的称呼永远留在了那个逝去的家园，以此向人类起源之地致敬。

我眯起眼，努力在这颗母亲恒星附近寻找一条环带。"不用找了，凭肉眼是看不见的。"父亲走到我身后，把手搭在我肩头，"地球的残骸，在这几百年里已经被太阳的潮汐力撕得粉碎。"

父亲说得对。地球如今已经成了太阳系中的一条小行星带，散落在金星与火星之间，细密而均匀，其中不光有岩石碎块，还夹杂着海洋流入太空后形成的万千冰晶，闪亮、熠熠生辉。如果站在黄道面上方俯瞰，那想必是一幅很美丽的画面，就像咖啡上的雪白拉花，或者清茶泛起的泡沫。

"爸爸，我想去那儿看看。"我犹豫再三，还是鼓起勇气提出了这个有些荒诞的要求。

父亲抿起嘴唇，就在我以为要被拒绝的时候，他拍了拍我的肩膀："可以，不过，你只能一个人去，我没有理由为一个少校安排护航的武装力量——即便你是我的儿子。从今往后，你必须清楚，想做什么事情，就要承担相应的风险。"

小时候我常常仰望父亲高大的背影，如今我已经能平视他的眼睛，随着年龄增加，父亲的背正不易察觉地一点点驼下去，仿佛被岁月压弯了腰。我看着他一如既往深邃的瞳孔，终于忍不住问道："爸爸，你真的没有想过……我可能死在战场上？"

"想过。"父亲毫不犹豫地答道，语气平淡，"若真有那一天，我会为你自豪。孩子，别怨你老爹混蛋，我知道怎样的环境才能培养出合格的元帅……即便你真的、真的——"他又抿起了嘴，还是刻意避开了"阵亡"这个词，"即便你真的无法再回到母舰，同盟世界仍将继续存在，议会有能力选出新的接班人，这才是我敢于把你带上前线的最大原因。"

他忽然张开双臂，动作有些生硬别扭，似乎是想拥抱我一下。我看得很不习惯，苦笑着推开他："爸，算了吧。"

父亲长叹一口气，转身坐回沙发里："孩子，我能对着十万人发表战争动员演说，但是一涉及你和你妈妈……我不知道怎么表达，我希望你能明白，更祈求你不要恨我这个父亲。"

我轻轻扶正帽檐，敬了个礼："我已经打扰很久了，这就告退，元帅阁下。"

父亲一愣，他的脸庞第一次显得有些苍老，有那么几秒他似乎还想再说些什么，但最后父亲只是坐直身子，向我还了个礼："批准，兰开斯特少校。"

两天后，趁着又一次轮休，我驾驶一艘轻便的巡逻舰，独自离开同盟旗舰。木星的大红斑依旧在身后冷冷注视着我，按照传统天文学的看法，这个形成于木星大气层内的风暴早在几个世纪前就应该消散，但它却一直持续到了今天。它就像宇宙的一只眼睛，旁观着人类现代文明迅速崛起的那段时光，目睹了人类亲手毁灭家园后仓皇逃离地球时的狼狈，如今又看着同盟舰队回到这里——如果它也有活生生的意识，是会觉得无聊，还是觉得滑稽？

　　我尽量隐秘而迅速地朝昔日的地球轨道驶去。联合舰队还没有出现在我们的侦测范围之内，但他们迟早会尾随而至，我可不想在离开旗舰的火力庇护时与他们正面撞上。

　　越过火星轨道后，又行驶了许久，我的视野中终于隐隐约约出现了一条细线。我调整方向，令航线从黄道面上微微翘起，继续前行。

　　逼近地球轨道，那条破碎的环带一点点在我身下展现出来。阳光把大片冰晶照得熠熠生辉，我身下的虚空中仿佛涌动着一片支离破碎的海洋，巡逻舰就像行驶在一块巨大、光滑的丝绸表面，冰晶是织就布匹的纤维，而那些混杂其中的岩石碎块则构成了千奇百怪的花纹图案。

　　这就是艾伯特叔叔努力想要重建的行星。月球在毁灭地球的那场战争中也被殃及，截至那时为止，天文学界依旧在为月球的起源争论不休，而自那时以后，这个问题就永远失去了意义。有种说法认为，月球是由地球上甩出去的一大块物质形成的，甩出那块物质的地方就是太平洋。如果这种观点属实，那么如今月球也算是以一种别样的方式回到了母亲怀抱——粉身碎骨，与地球的遗骸水乳交融，再难分清彼此。

　　我调整引擎令巡逻舰上下旋转一百八十度，与太阳保持相对静止，"头朝下"地静静漂浮在地球环带上方。我向后靠在驾驶座上，冰晶与岩石像一条奔腾不息的大河从我头顶浩荡流过，湍急、永无休止。耀眼的阳光不时折射进驾驶舱，刺得我必须微微眯起眼，有那么几个惊鸿一瞥的瞬间，我甚至看到了彩虹的颜色浮现在那些巨大冰块的边缘，美丽而绚烂。

　　我觉得自己像在瞻仰一位英雄的葬身之地。在这儿，无论是下跪、哭泣，还是高歌，都不足以表达敬意，反而显得庸俗做作。因此，还不如默不作声，像一只最渺小的虫子，静静蜷缩在这气势恢宏的宇宙墓碑上。

地球，即便化作了尸骨，也依然是一座宏伟的奇观。

驾驶舱里忽然响起尖锐的报警音。我立即坐直身子，雷达图像上以危险的红色标示出了一艘舰艇，这艘舰艇距我不远。

"妈的。"我低声咒骂了一句，怕什么来什么。

联合世界的战舰。所幸这只是一艘侦察舰，属于联合世界战斗编制中最轻量的一级，机动性很高，但火力配备甚至不如我的巡逻舰。

我朝同盟旗舰发出呼叫，同时慢慢调整航向，让巡逻舰像一条鱼儿那样缓缓沉入地球环带内部。那里的岩石可以为我提供很好的庇护，我吃不准这艘侦察舰身后有没有跟着大部队，因此也不打算硬碰硬，如果能悄无声息地把它解决掉，就再好不过了。

联合侦察舰忽然掉转船头，笔直地朝我俯冲了下来。

被发现了？我正惊疑不定，随即发现头顶的空中蓝光不停地亮起熄灭，至少二十艘联合战列舰从跃迁引擎打开的空间桥里驶出，它们巨大的身形在环带上方投下一片缓缓移动的阴影——

我的心凉了半截。联合世界的主力？但我立刻意识到不对劲，为了围剿一艘同盟巡逻舰，用得着出动这么多大家伙？除非、除非——

他们知道同盟巡逻舰的驾驶员，是彼得·兰开斯特的儿子！

又是一阵耀眼的蓝光闪烁，联合战舰对面远处也打开了几十座空间桥，同盟世界的战列舰一字排开驶出。联合舰队见状立即开火，刚刚还平静无比的地球环带转眼化作战场。

我只报告了一艘小型侦察舰的出现，同盟舰队为什么反应这么迅速？父亲怎么会那么轻易就放我一个人出来？为什么他不给我安排护航？电光石火之间，一连串念头在我脑海中闪过。

结论似乎已经明朗得可怕——父亲是在拿我当诱饵？

一座格外巨大的空间桥打开，同盟旗舰缓缓现身。

几乎与此同时，联合战舰那边也有一座大型空间桥开启了，我虽然没见过正从里面驶出的巨舰，但光看尺寸，傻子也能猜出那应该就是联合旗舰了。

秦非的座舰。

我试图钻出地球环带，但联合舰队居高临下的火力网密不透风，他们对我的兴趣似乎比对同盟旗舰还要大，动能弹头不停撞击在我周围的岩石和冰块上，摆明是铁了心要炸掉这艘巡逻艇。我只能不断下降，不断后撤，像一只鼹鼠一样把自己埋进环带更深处——可随着碎片密度增加，我的处境丝毫没有好转，要是被那些在轨道上飞驰的石头撞一下，跟吃了一炮也没什么两样。

我忽然在密密麻麻的碎片缝隙中发现了那艘联合侦察舰。它似乎也想逃出这里，但同样被上方激烈的交火给堵了回来。

我一边闪避漂浮着的碎片，一边尽量悄无声息地靠近它，只要将它纳入我的攻击范围，我就有把握将它轰成一堆废铁。

侦察舰的驾驶员显然是个很机敏的人，他察觉到了我的尾随，于是突然加快了潜入地球环带的速度，企图借环带更深处的碎片阻挡我的脚步。

猫捉老鼠的追逐游戏持续了十二分钟，联合侦察舰蓦地从我的雷达图像上彻底消失，我立即扩大雷达扫描范围，但屏幕上只有代表岩石和冰晶的一大片绿色斑点，没有对方的丝毫踪迹。

几十秒后，那艘侦察舰幽灵般从我头顶飘出，我抬头发现它"倒悬"

在我上方，透明的驾驶舱与我相对，里面坐着一个年龄与我相差无几的女孩。那个女驾驶员冲我做了个嘲笑的手势，随即拉起操纵杆往上冲去。

我正准备调转方向，阴暗的环带内部忽然被刺眼的光芒照亮，我随即意识到外面发生了剧烈的爆炸——看位置，应该是联合舰队那边有战舰被击沉了。但喜悦只持续了不到十秒，同盟舰队方向也亮起了熊熊火光。我把雷达的探测范围拉到地球环带之外，震惊地发现战场上依旧有空间桥在不停开启关闭，双方的主力战舰几乎以每分钟三至五艘的速度跃迁到这里，与此同时，最早抵达的舰只已经差不多消耗光了防御盾，开始进入对毁阶段。

父亲准备在这里展开最后一战？

我打开通信线路，不停地试图呼叫旗舰舰桥，但总是被一句冷冰冰的"权限不足"挡回来。那个毫无人性的机械女声第四次响起时，我一拳捶在了操纵面板上："去你的权限，我要跟旗舰讲话！""已转接至作战通信处。"巡逻舰主机反应很快，随即一阵简短急促的等待忙音响起："正在连线三级通信官。"我不想和下级军官浪费时间，只想跟父亲说话，但一个男声就在这时冒了出来："这里是旗舰通信中心，瓦伦西斯·多利安上尉，有什么能效劳的，长官？"

我努力把已经到了嘴边的脏话咽回去："上尉，我要接通舰桥。""抱歉，兰开斯特少校，但你的权限……"他的声音里流露出一丝为难。"现在就是越级汇报的时候了！快给我接到我父亲那儿！"我又是一拳捶在操纵面板上。

多利安的声音突然消失，取而代之的是父亲那低沉的嗓音，他直接从元帅舱强行接入了我的巡逻舰："安德烈，撤退，你直接返回同盟母舰。"

"爸爸！为什么要在这儿决战？这实在太愚蠢了！"我喊道。但父亲没有理会我的问题："执行命令，兰开斯特少校。我现在把同盟世界的未来交到你手上。"

我愣了一下，以为自己没听清："爸爸，你说什么？"

"你还有六十分钟时间。帮我照顾好你妈妈，替我向她道个歉。"父亲根本不给我反应的时间，他话音刚落，通信中断的忙音就响了起来。几秒后，瓦伦西斯的声音传来："呃，长官？刚才有个优先权极高的请求从我这儿直接把你的线路抢过去了……还需要我帮什么忙吗？"

"不必了。谢谢，多利安上尉。"我的头脑仍然在努力消化父亲的指令，我几乎是本能地回答了瓦伦西斯的问题，然后挂断通话。

父亲的计划向来不容任何人打乱。他说我还有六十分钟，那就意味着一小时后，同盟舰队将不能再保障我的生命安全——或者干脆弃我的生命安全于不顾，具体是哪一种情况取决于父亲的策略。

驾着这艘巡逻舰，大摇大摆地在联合舰队的眼皮子底下驶出战场？想都别想。我唯一的指望是跃迁技术，六十分钟内，我必须打开一座空间桥逃走。

但问题的关键来了。巡逻舰不像侦察舰，机动范围本来就仅限于行星基地或者舰队主力附近，因此母舰工程局在设计时根本没给它配置跃迁引擎。

等等，侦察舰？我心头一动。附近不是刚好有一艘吗？

我把雷达侦测范围拉向环带更深处。不出意料，几十秒后，屏幕上以红色高亮标示出了一个梭形物体。

"对不住了，我得借你的飞船用用。"我低声道，一推操纵杆俯冲下去。那名联合侦察舰驾驶员故技重施，在岩石与冰晶之间躲躲闪闪，像极了一只见不得光的老鼠。

通信器忽然嘀嘀作响，收到了一条没有加密的通信请求。我随手按下开关，一个女声响了起来："哥们儿，我这儿有笔好买卖，保证咱们双方都不吃亏，有没有兴趣听听？"

她讲的是通用语。同盟世界与联合世界都拥有自己的官方语言，但数百年的战争里，与对方沟通的需要催生出了这个新语种。

"你是谁？"我问。

"你追了我这么久，还问我是谁？"对面的人似乎笑了一声，"谈正事，再过几十分钟，这地方恐怕就没一个人能活下来了，你想不想逃出去？"

我一愣。"别管我怎么知道的，"她似乎洞察了我的心思，"这是秦非司令的命令。你要是不想死，就跟我合作，如何？"

秦非的命令？我内心疑窦重重，难道联合舰队那边也有鱼死网破的打算？

"怎么合作？"我一边盘算是不是要再给父亲提个醒，一边试图拖延时间，但对方显然一点都不傻，屏幕上联合侦察舰与我的距离非但没有缩短，反而有逐渐拉大的趋势。

"我有跃迁引擎，你没有。你有高能燃料，我没有。"她倒是毫不遮掩，意外地坦诚。

看来这艘侦察舰剩余的燃料已经不足以支持它进行长程跃迁，至少不够她返回最近的联合舰队领地。而巡逻舰常备的燃料储量一般都是侦察舰的四倍以上，所以她打起了我的主意。

真妙。这下我们都成了对方的救命稻草。

"证明你的诚意。"我语气平淡。

"诚意？别开玩笑了，安德烈·兰开斯特。"联合侦察舰驾驶员的声音似乎有一丝悲伤，"你是同盟元帅的儿子，否则秦司令又怎么会亲自追到这儿来？"

我的心往下一沉。联合舰队果然是冲我来的，那么父亲……"不，你连诱饵都不算。"她仿佛又一次看穿了我的心思，嘲笑般地说道，"掩盖不住鱼钩的蚯蚓，还能算合格的诱饵吗？秦司令只是厌倦了这种无聊的追逐，想把你父亲的舰队拉到正面，打一场一锤定音的战斗而已。谁是猎人谁是猎物要下定论还早。"

"靠过来。要是敢动什么歪脑筋，我马上送你下地狱。"我不再拖延时间，命令道。

联合侦察艇立即放慢了速度，我们之间的距离逐渐拉近，我始终把侦察舰牢牢锁在火力准星中央，只要她稍有异动，我几秒钟内就能把这艘飞船炸成碎片。侦察舰慢慢滑到我的巡逻舰左侧，那个女驾驶员隔着舷窗冲我举起双手，表示没有敌意。

"打开能源接口，然后双手离开操纵面板，别耍花招。"我毫不客气地继续命令道。

女驾驶员意外地合作，侦察舰的外壳弹开了一块，露出接口。"你怎么过来？"她问道。

我释放出巡逻舰的接驳器。接驳器是一条横截面与舱门等大的矩形管道，它朝联合侦察舰靠拢，最终固定在侦察舰的舱门上。一阵嗡嗡声响起，压缩机开始往接驳器中充入空气。与此同时，能源管道也插进了侦察舰的输送口。

"开门。"我说道。

女驾驶员摁下一个按钮："好了。"

"脱掉衣服。"我的手依然放在操纵杆上，将侦察舰锁在火力准星中央。

女驾驶员一愣："什么？""我叫你脱掉衣服。"我看看时间，父亲允诺的一个小时已经过去了二十五分钟，我不由得有些焦躁起来。

"你竟敢——"她终于反应过来，愤怒地叫道。"照做。"我斩钉截铁地说道，"你身上只要剩下一块儿布料，我就炸掉你的船，要么一起逃出生天，要么同归于尽。"

她抿起嘴唇，隔着舷窗我都能感受到她眼神中炽热的仇恨。意识到别无选择后，女驾驶员终于动了起来，从上衣开始，她开始缓慢地脱掉作战外套。

我可没有闲情逸致欣赏这个过程。

"三十秒内脱光，我又不是没见过女人。"我说。

她停顿了下来。"你是个畜生，安德烈·兰开斯特。"她透过舷窗盯着我，一个字一个字地说道。"感谢夸奖。二十秒。"我看着操纵面板上的时间。

她的动作一下麻利了许多。

"很好。现在，往舱门走，站在那儿等我。"我发出最后一条指示。

女驾驶员狠狠瞪了我一眼，似乎是希望能用目光从我身上剐下一块肉来。她用手捂住上身和下体，向后走出了驾驶舱。

　　我按下输送能源的开关，随后从驾驶座下抽出防身的小型电磁枪，走向接驳器入口。我小心地打开门，然后立即举枪瞄准接驳器的另一头。

　　联合侦察舰的舱门依旧开启，但是门口空空荡荡，那个女驾驶员并不在那里。

　　我的心一沉。我向后退了一段距离，助跑两步猛地冲进接驳器。两艘船上都有重力装置，唯独接驳器内部是失重状态，我必须借助惯性尽快通过这段距离。

　　那个赤裸的女孩突然从侦察舰门边转了出来，举枪对准我就射。我伸肘猛地一撞接驳器的侧壁，借反作用力躲开了她的头两枪，之后我抓住侧壁借力把自己往前一抽，像一条悬浮的剑鱼那样冲向侦察舰的舱门。

　　"再见，混蛋兰开斯特。"女孩说着按动了门边的什么东西，舱门开始缓缓闭合。

　　接驳器的侧壁突然发出不祥的嘶嘶声响。

　　我差点破口大骂。她打算脱开接驳器让我死在真空里！

　　千钧一发。我在最后一秒把左手伸进门缝，舱门重重磕在我的四根手指上，疼得让我倒抽一口冷气。我顾不得喊叫，立即将右手的枪口塞进门缝里，朝我估计的那个女孩的位置连开数枪。里面传来一声尖叫，至少应该打中了一发。

　　嘶嘶声陡然变大，一阵凉风吹过我的面庞，我只剩大概二十秒的时间。

　　我调转枪口向舱门开关的大概方位打了四枪，舱门终于不再合拢，我用肩膀猛力顶开舱门，一下摔落进去。

　　那个女孩正靠墙坐着，左手牢牢捂着右肩，用受伤的野兽的眼神盯着我，她的那把枪掉落在几步开外。我一只手瞄准她，另一只手向后摸索着抓住舱门把手，使劲将舱门关紧。

"想干什么就快点，别婆婆妈妈。"女孩扬起下巴，傲慢地说道。

我不禁笑了："你把我当成什么了？""同盟世界的畜生。"她马上回答。"彼此彼此，联合世界的走狗。"我站起身，终于有机会呼出刚刚一直憋着的一口气。

我并未把电磁枪的电压调到致命级别，因此这个女驾驶员只会被麻痹几分钟，但没有生命危险。

我弯腰捡起她的那把枪，转身走进驾驶舱，她的衣服散落在地上。我翻检了一下，里面没有武器。我拿起衣服回到女孩面前："穿上。"

"何必多此一举？"她冷冷地盯着我，我马上意识到她误解了我。"穿上，这次不用再脱下来。"我苦笑道，"我又没法对你隔空搜身，安全起见只好让你脱光——不过，看来也没什么效果。"不等女孩回答，我就把衣服扔到她脚下："这是战场，我没空儿搭理你，我不会摆弄你们联合战舰的驾驶系统，你来开船。"

女驾驶员看了我一会儿，终于从牙缝里挤出几个字："转过去。""我不可能把后背亮给你。"我再次用枪口对准她，"时间不多，我的耐心也不多。""兰开斯特，你是个——""畜生。你说过两遍了，敢说第三遍我就让你尝尝高一倍的电压。"我说着把枪柄上的旋钮转了一圈。

女孩看起来终于屈服了。她拧了拧略显僵硬的手臂，确认肩关节还能动弹之后，她尽可能快地一件一件穿上战斗服，其间仇恨的目光从未从我脸上移开。"现在开船。"我简洁地命令道。

女驾驶员在我的押送下走进驾驶舱，她在键盘上敲了几下，跳出一个坐标输入界面。"去哪儿，船长？"她讥讽地问。

我拿枪顶住她的后脑勺，把她的头摁在操纵台上："委屈一下，这是保密需要。"我腾出另一只手，敲下了同盟母舰的坐标。"兰开斯特，你这辈子一定娶不到女人。"女驾驶员额头抵在冰凉的金属台面上，她只能看见自己的脚，但语气依旧充满愤恨。"多谢关心。"我模仿着她的讥讽语气回答道，按下确认键。

我瞄了一眼屏幕上的时间。屏幕上显示的是联合标准时，我在心里把它和同盟标准时换算了一下，父亲允诺的一个小时还剩十五分钟，足够巡逻舰那边输送过来的能源"喂饱"这艘侦察舰了。

侦察舰忽然危险地剧烈晃动了一下。"兰开斯特！你动了什么？"女驾驶员看不到我，只能喊叫，"别忘了这儿是地球环带！你要是关了自动规避，我们都得被撞成肉泥！""我什么也没碰！"我下意识震惊地答道，同时瞟了一眼窗外，不远处的同盟巡逻舰正逐渐漂离我们，那根细细的能源管线越绷越紧。

"让我看看！"女孩喊道。我挪开枪口让她抬起头，她迅速调出雷达界面——我立即发现整个地球环带内的所有物质都在向外漂离。

"引力武器？"我脱口而出，但随即否认了自己的想法，同盟世界的引力武器作用于彗星这种级别的天体没什么问题，但想要拉扯地球环带这么大质量的家伙，根本就是痴人说梦。

女孩盯着雷达界面，脸上的表情由震惊到恐惧，最后变成绝望："走！现在就走！""不行，能源还没——"我的话只说了一半就被她打断："这是简并态炸弹！"她几乎是在吼叫了，"秦司令准备同归于尽了！"她突然把我从操纵台旁撞开，双手在键盘上迅速飞舞，还没等我反应过来，一阵熟悉的颤动就滚过整个船身——跃迁引擎启动了。

进入亚空间前，我看到地球环带外面爆出一团巨大的蓝色火光。

亚空间的黑暗与寂静将我们吞没之后，女孩虚脱了似的朝后靠在驾驶座上，闭上了眼。

"简并态炸弹是什么东西？"我问。

"那是机密……"她条件反射般地说道，随即反应过来这个机密刚刚被无数人目睹，"是我们的新武器，老实说——不太可靠。"她有些疲惫地一笑，"你可以简单理解为被封装的白矮星物质。封装力场撤除后，简并态压力会让白矮星物质迅速膨胀成一个巨大的等离子火球，爆炸威力……没人知道具体有多强，因为从没完整测试过。"

天体物理我多少懂一些，要让物质保持简并态绝不是随便就能办到的，同盟世界与联合世界的技术水平在这几百年里始终保持着互相紧咬不放的态势，联合世界怎么可能凭空造出这种武器？

"你想多了，简并态炸弹不是动能弹头那种玩具，没法发射出去。"女孩锐利地盯着我，她似乎总能猜中我的想法，这种感觉真让人不爽。"简并态炸弹必须搭载在重型战舰上，而且需要占用相当大的能源载荷来保持稳定的简并态，它的唯一使用方法就是在战舰冲进敌群后撤除封装力场……玉石俱焚，鱼死网破。"

我花了几秒钟来消化这条信息。

"那意味着，这场战斗没有赢家。"我静静说道。"这几百年打下来，你还指望能产生赢家？"女孩的语气依旧充满了讥讽。

我没理会她。父亲曾无数次询问我，是否已经准备好接过他肩膀上的重担。现在我终于知道了答案，这种事情可以预见，但永远不可能做好准备。

除非奇迹发生，否则父亲已经离我和同盟世界而去。

唯一的安慰是——如果这也算安慰的话——联合世界的秦非司令，大概也战死沙场了。

女孩忽然趴在操纵台上，呜咽起来："秦司令……"

秦非受人民爱戴的程度，似乎并不亚于父亲。

我靠着操纵台，让身子慢慢向下滑落，直到坐在地板上。联合世界动用了多少简并态炸弹？我虽然不清楚技术细节，但凭名字就能想象一二。封装力场撤除后，那些白矮星物质忽然失去了束缚，于是在内部简并态压力作用下迅速向外膨胀——粗略估计膨胀速度并不难，只需要解一个简单的常微分方程，我心算了一下——差不多五分之一光速，也就是每秒四到六万千米。

我闭上了眼。

地球半径才不过六千千米而已。爆炸的火光眨眼就能跨过相当于赤道周长的距离，短短几十个纳秒的时间里，附近地球环带中的冰块与岩石就完成了从固态到气态再到等离子态的转换。随着火球体积增大，简并压迅速衰弱，与之对抗的电磁力伸出臂膀牢牢抓住等离子火焰中的每一个电荷，让这些脱缰的疯马不情愿地慢慢停下脚步。当简并压力与电磁力终于达到平衡，火球停止了扩张，像一滴幽蓝的水珠静静悬浮在无边的黑暗中，直到将内部的一切燃烧殆尽，它才会黯淡、熄灭。突然出现的巨大质量拉扯着附近的地球环带，所以才有了刚才环带向外漂离的一幕。如果联合世界带来的简并态物质够多，说不定它们会在多年以后扫清地球轨道，让那些碎片重新凝聚成一颗完整的行星。

飞船外，亚空间的黑暗中忽然透出一丝光亮。女孩猛地抬起头，脸上挂着亮晶晶的泪痕："这是哪里？"

亚空间完全开启后，我发现侦察舰正朝着某颗星球的表面不受控制地坠落。

女孩想必已经做好了面对同盟舰队或者行星基地的准备，但眼前所见显然远远超过了她的想象。

这颗星球一片蔚蓝。比海洋更显眼的是欧亚大陆漫长的东海岸线，以及大陆上茂密、翠绿的森林。

"地……地球？"她几乎是脱口而出，惊愕溢于言表。

我内心的诧异丝毫不比她少。生物圈已经恢复到这种地步了？

然后，女孩的脸色再次变得灰白。她看到了漂浮在新地球轨道上的巨大同盟母舰。

"往那边飞。"我站起身。父亲已经走了，但我得妥善处理他的身后事。接下来几个月里，我不知要向议会做多少报告。

女孩在操纵面板上输入几条指令，飞船内的照明忽然熄灭，连带操纵台上所有指示灯都没了光亮，我一下从地板上飘了起来——重力装置似乎也被关闭了。"你做了什么？"我咆哮道。"抱歉，咱们的合作到此结束，接下来就听天由命吧。"她微笑着抓住扶手，向后靠在椅子上，像是彻底放松了下来。"我可不会乖乖等着你把我送进战俘营。我不知道这个……地球从何而来，但显然，那里比你们的监狱宽敞得多。"

我粗暴地把她从驾驶座上拽开，试图唤醒操作界面，可无论我怎么折腾那些操纵面板，屏幕上始终黑漆漆一片，毫无反应。飞船坠入了新地球的引力井，下落速度越来越快。

艾伯特叔叔重建海洋的时候，母亲和我讲过那些彗星是怎样在大气层中剧烈摩擦直至燃烧殆尽的。我瞪着下方，新地球占据的视域越来越大，它那弯曲的球形轮廓慢慢变成半球形，然后是四分之一球形，最后逐渐接近笔直——这艘船离灰飞烟灭还有多远？

"放心，这个厚度的大气层，船外面的涂料还应付得了。"女孩似乎已经停止了为秦非伤心，转而继续嘲笑我，"我把船载主机格式化了，现在只剩生存系统还在工作。你就当自己是躺在一口极其安全的铁棺材里吧。"

我没有搭理她，继续尝试摆弄那些看起来像是通信系统和定位系统的按钮，只要随便唤醒一个，我就能把讯息传给同盟母舰，向他们求援——我一只手抓住驾驶座的椅背，费力地把自己固定在操纵台附近，另一只手一遍遍砸着冷冰冰的台面。女孩碰了一下舱壁，飘过来拍拍我的肩膀："别费劲了，兰开斯特。按现在的轨道，船会落进海里，至少死不了。"

我放弃了徒劳的努力："我挺想掐死你，真的。""我很好奇，为什么你还没有杀掉我？"女孩看起来很冷静，"我现在对你已经没有任何利用价值了。""你死不死都无所谓。"我摇摇头，"非要给个理由的话，嗯，我父亲刚刚战死了，我没心情杀人。"

女孩沉默了一下。"那个是怎么回事？"她终于转移话题，指了指外面的新地球。"没什么好说的，你们联合世界那边肯定也有不少人提出过这样的计划，重建地球而已。我父亲实现了它。"我简略地答道。飞船外面已经燃起了一层红色的火焰，我们正像一颗流星一样坠入大气层。

黑色的天幕与群星向上缓缓退行，取而代之的是泛着淡淡白色的天空，随着我们不断坠落，这白色又逐渐让位给蓝色，直到——

最后一颗星星消失在远天深处时，女孩深深吸了一口气。"你们真是了不起。"她俯瞰着下面越来越近的大海，敬畏地说道。

我们似乎正朝着古代中国的黄海区域坠落，从高空可以清晰地看到两条横贯东亚的水系——长江、黄河。我能明显感受到重力的逐渐加大，那个女孩干脆把脸贴在了观测窗上，像在仔细端详一个奇迹。

我们呼啸着穿过同温层和平流层。黄河河口那大片泛着浑浊颜色的水体清晰可见。河道附近的山体上，不少树木的枝叶已经开始泛黄。

秋天？我在脑海里搜索了许久，才想起适用于这个场景的词。进入星舰时代之后，除了艺术家和历史学家，很少有人会记得人类还曾经用季节记录时间。

我深吸一口气。

在地球上的第一个秋天里，我回到了陌生的故乡。

三　秦枝

同盟世界是一群疯子，一群了不起的疯子。

他们一边维持着与我们之间的漫长战争，一边竟然还有余力腾出手来建造一颗星球。

地球。

我绝不会认错那块陆地的形状。数百年前，联合世界的第一批祖先正是从亚洲东部的那片热土启程，前往星空。

然后我把脸贴在了舷窗上，尽力不让兰开斯特发现我已经热泪盈眶。

因为我看到了那两条古老的江河，无数诗篇与歌谣里传唱的长江、黄河。

我狠狠地闭上眼。

先民们在这里学会了烧制陶器、锻造青铜，然后创造了文字，商周、秦汉、唐宋，历史的大书在江河流淌声中一页一页翻过去，长安与洛阳在那些雄才伟略的皇帝治理下崛起、兴旺，又在蛮族向南入侵的铁蹄声中逐渐走向没落。孔子、屈原、杜甫、李白，这两条大河之间的土地上回荡着他们的声音，从"逝者如斯"到"魂魄毅兮为鬼雄"，再到"黄河之水天上来"与"百年多病独登台"……一时间无数词句、面貌、意象同时涌上我的脑海，我仿佛沉入了时间的潮汐之中——

然后我再度睁开眼。

"秋水时至，百川灌河。"我喃喃道，终于从千头万绪里抓住了这八个字。

"你说什么？"兰开斯特警觉地问。

我尽力平复自己的心情。"没什么，兰开斯特少爷，只不过是《庄子》里面的一段话罢了。"我用挖苦的腔调讥笑道，希望这能让他放松戒备。

"《庄子》又是什么？"他问。"一本古老的书，具体写成于多久之前我也不清楚，只知道进入星舰时代之前，它就已经非常非常古老了。"我回答。

兰开斯特不再继续追问下去，他抓住操纵台边缘微微蹲下身体，准备

066

迎接飞船落水时的撞击。生命维持系统仍在工作，包括侦察舰外壳的减震装置，兰开斯特其实完全没有必要这么做，但我也懒得提醒他。

我把目光转回窗外，海洋呼啸着扑面而来，长江渐渐沉落在地平线的另一边，消失在群山背后；而黄河则越来越宽，逐渐显露出西来决昆仑、落天走东海的宏伟气魄。

《庄子》秋水篇有云：天下之水，莫大于海。万川归之，不知何时止而不盈；尾闾泄之，不知何时已而不虚；春秋不变，水旱不知。

在跟随联合舰队征战的岁月里，我见过冰行星上高达数万米、直入星空的雪峰，见过巨行星厚重大气层下动辄数千米高、接触云端的浪头，也见过恒星迸发出几十万甚至上百万公里长的烈焰，将不幸的行星吞噬殆尽。但每次读到庄子的篇章，我依旧会觉得有一阵躁动从灵魂深处传来，庄周是先秦时代的李白，文章二字，在他手里第一次真正到了汪洋恣肆的地步。

而亲眼见到真正的江河海洋，见到庄周曾经面对过、描写过的江河与海洋，令我的灵魂战栗不已。

"井蛙不可以语于海者，拘于虚也；夏虫不可以语于冰者，笃于时也"。很奇妙，又是一句庄周的话，恰好适合此情此景。

唯有经历过，才知道有多么震撼。

同盟世界的彼得元帅到底是个怎样的疯子？

侦察舰重重坠入水面。减震系统运行得很好，兰开斯特想象的猛烈撞击并没有发生，因此当侦察舰停止下沉、缓缓上浮时，他的神情很明显有些错愕。

哗啦一声，船身冒出了水面，海水从舷窗上方成股流下，我眯起眼向外眺望——隐隐约约能看到陆地的轮廓，这说明我们很幸运，离岸边不算太远。

"开过去。"兰开斯特伸手一指天际那条淡褐色的直线，简洁地命令道。"这就照办，少爷。"我说着在操纵面板上又按了几下，舱内的灯光突然重新亮起，随后亚空间熟悉的黑暗再次将船身吞没——

咣当一声，我的额头再次磕在冰凉的台面上，兰开斯特的枪用力顶住我的后脑勺："你做了什么？""垂死挣扎，最后一搏。"我举起双手，"我其实并没格式化主机，只是暂时让飞船进入了冬眠状态。如果老老实实待在坠落点，只要你们的舰队不瞎，找到我们也就是几十分钟的工夫——""现在飞船在往哪儿去？"兰开斯特直截了当地问。

"随机空间跳跃，我也不知道会落到哪儿，但是放心，我没把跳跃半径设得太远，肯定还在地球上。"我回答。

亚空间的黑暗消失得与出现时一样迅速，伴着一阵沙啦啦的巨响，似乎是树木倒下的声音，飞船缓缓停了下来。

"开门。"兰开斯特拿枪的手又加了几分力道。

我乖乖遵命。一声轻响，侦察舰的气密门开启了。

兰开斯特抓住我的领子，将我朝后拖出驾驶舱。"我会走路！"我挣扎道。但他根本不加理睬，大步走到门前，用力把我甩下飞船。我的后背撞在冰凉的地面上，顿时眼前一阵发黑。我踉踉跄跄爬起身，发现自己正站在一座山的半山腰，天色已近黄昏，山下的河谷中激流滔滔。

兰开斯特跳下飞船，皱眉望着周围莽莽苍苍的森林，随后又一把拽住我的胳膊，朝山顶走去。"兰开斯特，你们同盟世界的学校从来不教怎么尊重女士吗？"我大骂道。"我还没把你推下悬崖，就已经是最了不起的骑士风度了。"他随口回了一句，大步流星踢开挡路的灌木和藤蔓。那些植物的枝丫屡屡挂住我的头发，但兰开斯特只是粗暴地扯断了事，最后我被他拖得一头栽进茂盛的野草丛中，秋天冰凉的露水打湿了我的脸颊，寒意沁入骨髓。我坐起身狠狠抹掉脸上的露珠，愤怒地盯着兰开斯特："你这个——"

但他对我接下来的诅咒和谩骂充耳不闻。他手足并用爬到山顶的一块巨石上，举目四望，重重叹了口气。

我犹豫了一阵子，好奇心还是压过了我对兰开斯特的仇恨和恐惧，跟在他身后扒开那些半人多高的植物，爬上巨石。

然后，我也情不自禁地发出了一声叹息。

西方的天际从橙黄色向上过渡到深蓝色，然后又变成青黑色和深紫色，群星睁开眼睛，好奇地打量着这颗新生的星球。我不知道自己此刻在地球的哪个角落，但是周围的群山雄伟巍峨，让我一瞬间有种想要跪下的冲动。

很奇怪，明明知道这些山峦可能比我还要年轻，弥漫在群峰之间的薄薄雾气却让我觉得自己闯入了一个非常古老的地方，那些黑黢黢的丘陵仿佛老人挂满白翳的瞳孔，打量着两个不速之客，似乎在埋怨我们惊扰了它们的长眠。

如果说寒夜里的星空让人第一次知道了自己是多么渺小，那么弥漫在地平线上的苍茫雾霭，则让人第一次意识到世界有多么辽阔。

我忽然觉得面庞有些发痒，刚要抬手去摸，兰开斯特却一把攥住了我的手腕，轻轻从我脸上拈起了什么东西。

那是一只小小的蚂蚁，一定是刚才摔进草丛时沾在我头发上的。它挥舞着两根触须爬上兰开斯特的拇指，然后又爬上他的手背，仿佛一个跌跌撞撞、迷失了方向的旅人。

"兰开斯特先生，您这么温柔，我真是受宠若惊。"我瞪了他一眼，随即发现他的注意力完全集中在那只蚂蚁上，不禁一时气结。

一阵冰凉的秋风吹过，山谷两侧顿时飞起漫天落叶，那些或红或黄的叶子打着旋儿坠进深谷，落入河水，变成一片黑漆漆的小点儿，随波逐流向远方漂去了。兰开斯特随手抓住一片宽大的叶子，把蚂蚁轻轻放在上面，然后松手让它飞走。他怔怔望着那片叶子消失的方向，有些出神。

他在石头上盘膝坐下："我不知道你叫什么名字，但我想，如果有一天……""同盟世界与联合世界的人民像咱俩这样坐下来，把酒言欢？"我抢先一步截住了他的话头，"你不嫌听着恶心？"

"如果能靠嘴巴打仗，你一个人就可以单挑同盟舰队。"兰开斯特似乎被逗笑了，"不，这几百年战争打下来，傻子都不会再指望一劳永逸的和平。你知不知道我父亲为什么执意重建地球？"

我摇了摇头。我怎么会知道一个疯子的想法？就算那是个伟大的疯子也罢。

"他想给人类这个种族一个崭新的机会。"兰开斯特平静地说，"我父亲最初打算将一批猿人投放到这颗星球上，然后率领同盟母舰转移，让他们自生自灭，创造一轮新的文明。就算我们远在星空他方，知道宇宙边缘有一个角落里，我们的子孙可以不用像我们这样在战争的泥潭里挣扎，总是一种安慰。"

我愣了好一会。

兰开斯特举起右手，做了个奇怪的手势，小指无名指并拢，食指中指并拢，拇指张开："你认识这个手势吗？"

我再次摇摇头。

"瓦肯举手礼，唯一太阳时代艺术家虚构的一种古老礼节。"兰开斯特解释道，"它的寓意是：生生不息，繁荣昌盛。"他放下手，沉默了一会儿，又抬起头，"在我听过的所有祝愿里，这是最简洁、最美好、最意蕴深厚的一个。"

"生生不息，繁荣昌盛。"我把这八个字在心中细细品味了一遍。

"与我们长辈常说的一句吉祥话，意思是差不多的：福泽久远，子孙绵长。"我终于开口回应道。兰开斯特也愣了一下，然后点点头："我会记住这句来自联合世界的祝福。"

天色终于完全黑了下来。我仰望夜空，没有看到那颗银亮的天体。

"月亮在哪里？"我随口问道。兰开斯特的脸沉了下来："我们的力量没有那么强大。议会绝不会允许我们再浪费资源给地球建造一个卫星。"

我尽力按捺住心中突然涌起的激动。"噢，他们来了。"兰开斯特忽然起身指向远方，夜幕中有一簇火焰闪动，似乎是飞船引擎的光芒。

"那么，我们也该说再见了，兰开斯特。"我说。一阵疾风吹过我们身边，那艘原本停在半山腰的侦察舰缓缓从我背后升起。

兰开斯特满脸震惊："怎么……""我父亲给我的一点特殊照顾，这艘船可以遥控。"我抖了抖舱内服的手环，"他和你父亲不同，嗯，也许因为我是女孩子吧。"

侦察舰上的火力装置伸了出来，对准兰开斯特。"你是个混蛋，不过还是得谢谢你的燃料。我要走了。"我微笑道。"你也是个混蛋。"兰开斯特显然正克制着一拳打在我脸上的冲动。"彼此彼此。"我终于畅快地大笑了起来。

"你父亲是谁？"我走进船舱时，兰开斯特在我背后喊道。"秦非。

我叫秦枝。"我转身面对他，看着舱门在他面前缓缓关上，"但你可以放心，我以我父亲的名誉起誓，联合世界永远不会进攻这颗行星。"

天边那艘同盟飞船降落之前，我启动了跃迁引擎。

熟悉的颤动滚过船身，再次被亚空间安全的黑暗包围后，我瞬间感觉全身的精力被抽了个精光，不由自主软绵绵地趴在操纵台上。

兰开斯特在场时，我甚至不敢为爸爸哭泣，而只能为秦司令哭泣。

现在终于可以尽情地释放了。

我把头埋入双臂之间。

我要回家了。

但为什么，我有种刚刚离开故土、背井离乡的感觉？

"孩子，你的时间不多。"爸爸熟悉的声音忽然响起，我一下抬起头，以为他通过什么方式回到了我身边——在联合人民眼里他无所不能，在我眼里就更是如此。

但发出声音的是操纵台上方的全息影像。我刚刚一定是无意间碰到了重放键，主机在重播最近的一次通话。

"我就要启动简并态炸弹了，今天来到这里的船只，无论属于同盟世界还是联合世界，没有一艘能够回去。"爸爸说得很急促，"你什么都不用说，只需要听。我能为你留下大概一个小时的时间，这一个小时之内，你必须想办法逃出去。记得替爸爸看看我们的月亮。"

这句看似莫名其妙的告别之后，影像中断了。

我抹了抹脸颊，在操纵台上一按，开启了船身后部的冬眠舱。

剩余的燃料不够我直接返回联合母星，我只能跃迁到母星附近的一个星系，然后等他们来救我。

我躺进冬眠舱。无梦的睡眠将我吞噬之前，我看到的是爸爸的面孔以及一轮银亮的满月。

下一个瞬间，我看到了妈妈的脸。

我直起身子，趴到了她肩膀上："妈妈……""没事了，孩子。你到家了。"她拍着我的后背安慰道。"爸爸他……"我哽咽着，却被妈妈平静地打断："我都知道。地球环带战役已经过去了一个月，我们总算找到你了。"

"我知道这很残酷，但现在不是为司令悼念的时候，夫人。"一个中年男人的声音响起，我这才发现妈妈身后还跟着一名参谋。"我要和女儿私下谈谈。"妈妈的声音依旧平静，却带着不容拒绝的意味，"对我们而言，秦司令战死是一个月前的事，但对这孩子来说，她几小时前刚刚失去了父亲。"

参谋想了想，随后点点头："十五分钟，夫人。请您尽快安抚秦枝少校的情绪，中央参谋团在等着你们二位。"他说着转身离开。

我这才有时间打量周围的环境。这儿是一个舒适的套间，我已经不在侦察舰上了，他们似乎把冬眠舱搬到了一艘更大的船上。"妈妈，这是哪里？""一个行星基地的港口。他们发现你时，侦察舰已经处于低能源水平，所以我让他们把你搬到这里来再解冻。"妈妈说。

我挣扎着站起身，经过一个月的睡眠，大脑虽然没意识到时间的流逝，但身体却实实在在有些虚弱。"小枝，我有东西要给你看。"妈妈扶住我，"是你爸爸留下的，他特别嘱咐，要在他战死后尽快送给你。"她解下胸前的项链，项链吊坠是个中国结的形状。

妈妈稍一用力，吊坠从中部断裂为二，其中一半伸出了一根短短的晶体，另一半的切面上则出现了一个凹槽。

"记忆记录晶体？"我接过它，问。"是的，你爸爸的一段回忆。他在这次出征之前才交给我的。"妈妈说道。"里面是什么？""我也不知道，孩子。"妈妈摸了摸我的头，"你要一个人看，你爸爸说知道的人越少越好。"她说着也转身走出门去，拉上了隔门。

房间角落"恰好"摆着一台全功能信息交互器。大概这才是妈妈让他们把我搬到这里的原因。

我把晶体插进交互器的读取槽。"需要指纹和虹膜解密。"一行提示跳了出来。我有点惊讶，爸爸究竟有什么秘密，必须如此严加保管？

我在指纹屏上按下拇指，同时把右眼凑近摄像头。如果晶体里的内容只能给我一个人看，那么一定是用我的信息进行加密的。

几秒钟的解密后，一幅昏暗的画面跳了出来。这是爸爸的视角，场景似乎是某艘电力即将耗尽的飞船内部，走廊地面上散落着金属碎片，显示这艘船要么经历了巨大的爆炸，要么受了猛烈的撞击，也可能二者兼有。

走廊另一边的不远处，一个男人半躺在墙角。爸爸的喘息声响起，画面晃动起来，他明显正在朝那个男人爬过去——爸爸也受了伤？

"秦非，你的命还真够硬。"半躺着的男人用通用语断断续续说道，同时挣扎着试图站起来。他大腿上有一个触目惊心的伤口。"闭嘴，兰开斯特，你带人闯进我的飞船，我当然要让你付出代价。"爸爸用力撑起身子，但随即再次摔倒在地。

兰开斯特？但这个家伙的长相和我印象中不一样，莫非是安德烈的父亲彼得？

"咱们能谈谈吗？"彼得显然也耗尽了体力，一屁股坐回了原地。

"求饶？免了。"爸爸干脆地拒绝道。彼得呸了一口："你就没想过我为什么和你打接舷战？这种战术早在维多利亚时代就过时了！""也许你脑子进了水？也许你的头被门挤过？我怎么知道？"爸爸怒吼道。

似乎是很久以来第一次，我笑了起来。我和爸爸真像。

"我知道你是最有可能继任联合总司令的人，而我是最有可能成为下一任同盟元帅的人，咱俩要是在这儿拼个同归于尽，只会便宜了别人。"彼得咬着牙说道，一边用力按住腿上的伤口。"说得对，所以你乖乖别动让我宰了，我依然可以接任总司令，而同盟世界就要乱成一团，两全其美。"爸爸又喘息了几声，继续朝彼得那边爬过去。

"老子没空开玩笑，秦非。"彼得努力向后挪了挪身子远离爸爸，"老子也没空。"爸爸的回答依旧干脆利落。"我到这儿来就是为了有个机会和你当面说几句话，我们是敌人，我不可能正大光明给你写信——""那就快说，你马上就要死了。"彼得依旧在向后挪动，而爸爸在向前爬行。

彼得用力吸了几口气。"我为拯救人类而来。我一个人做不到，同盟世界也做不到，所以必须请求你和联合世界的帮助。"

"去你的。"爸爸笑出了声，随即他嘶嘶倒抽了一口冷气，似乎是大笑的时候扯动了伤口，"兰开斯特，我要让医生解剖一下你的脑子，那里面大概只有清清亮亮的纯净水。"

"我有个主意，酝酿了很久。"彼得的冷静让我都有点佩服，"我要重建地球，然后把一批原始人类投放上去，让他们自力更生创造一轮新的文明。我们这么打下去迟早会自我毁灭，而他们……将成为人类新的未来。"

爸爸和彼得的距离已经近到伸手就能抓住他的脚，他扣住了彼得的脚腕，之后却停了下来。"你疯了？"爸爸不可置信地问，"你真是同盟元帅的接班人？重建地球？你在说什么胡话？""技术层面没有太大难度，唯一需要的就是时间……以及安全。"彼得半撑起身子，护住咽喉和胸口要害，"如果有你的暗中支持……让联合舰队远离……"他剧烈咳嗽了几声，"此外，对地球上的生态系统来说，月亮同样必不可少，但我没有把握强迫同盟议会同时建造两颗星球……所以重建月球的任务，需要你们联合世界来完成。"

看到爸爸没有进一步的动作，彼得的声音里透出了恳求："拜托，秦非，像个领袖那样思考一下，为子孙后代和未来考虑一下……我的提议。"

"你是个疯子，兰开斯特。"爸爸终于说道，"就为了这一点渺茫的希望，你就跑到我的船上来送死？""不完全是。"昏暗的光线中，彼得似乎笑了一下，"万一真能把你干掉，其实也挺不错的。"

"听起来很诱人，可我不相信你。"爸爸有些粗暴地说道。他直起身准备猛击彼得的咽喉，同时彼得也抬起了胳膊："你也许有机会掐死我，但我保证那之后你不可能有力气活着下船。"

"你说得对，没必要白白便宜了别人。"爸爸迟疑了一阵，还是放下了手，"如果刚才是你现编的胡话，那我真要佩服你编造的能力。"

彼得疲惫地努力笑了一下，似乎已经没有多余的力气辩解。

影像背景忽然转换了，爸爸站在联合母舰的舷窗前，注视着外面那颗渐渐成形的星球。虫群般的浇铸舰在它表面倾注下一条条岩浆河流，令它表面布满了暗红色的湖泊。

"爸爸，他们在干什么呀？"我听见自己带着稚气的声音响起。爸爸低下头，摸摸我的头顶："爸爸要重建一个月亮，作为送给联合世界所有人的礼物。""月亮？"年幼的我把脸贴在舷窗上，"是唯一太阳时代那个月亮吗？""没错。"爸爸弯腰让我骑到他脖子上，"来，给爸爸背一遍《静夜思》。"

我好奇地盯着外面巨大的灰色天体，奶声奶气地背诵起来："床前明月光，疑是地上霜……"

画面再次转换，爸爸一个人坐在司令舱里，奋笔疾书。

"孩子，爸爸和同盟世界的彼得一起策划了一个巨大的骗局。"他在纸上这样写道。

你可能和其他人一样疑惑我为什么要重建月球，现在你应该知道了答案。

我们看不到一劳永逸解决战争的方法。和平从来不曾超过一个世纪，而每一次战争都令我们倒退。

彼得说的一切是可信的，几十年来我用各种办法打探过同盟世界那边的信息，甚至通过某些渠道直接与彼得接触了两次。

既要维持有压力的战争状态，又要让对方有余力腾手进行星球级别的建设，我和他都是在刀锋上跳舞。

你看到这段记忆的时候，我和彼得应该都已经战死沙场。

地球与月球重建之后，最大的难题就是把月球送入地球轨道。说实话，我觉得我在陪着彼得一起发疯，这个计划最后怎么才能实现，大概真的只有天知道。我们已尽人事，但听天命。

愿我们福泽久远，子孙绵长。

爸爸写下最后一个字后，从兜里掏出一盒烟丝，倒在纸上，将它卷成烟卷点燃。

画面至此结束。

我拔出晶体，用力将它掰断，努力遏制住想哭的冲动。

爸爸，你跟我说安德烈·兰开斯特会前往地球环带，莫非是彼得·兰开斯特告诉你的吗？你要我也到那里去，好引出同盟舰队，是你和彼得一起设计好的吗？

你们是想在"骗局"暴露之前，光荣地战死前线吗？

一艘巡逻舰，一艘侦察舰，你们连船只都为我们特意安排好了。

但是，最关键的是，你怎么知道安德烈·兰开斯特不会杀了我，或者我不会杀了他？

真的是"尽人事，听天命"吗？

我拉开隔门，妈妈正在外面的房间里等着我。"爸爸……他……"我有些心烦意乱地说道，但被妈妈制止了："别说出来，我大概能猜到。我和你爸爸共同生活了几十年，在我面前，他再怎么保守秘密，也总是会露出蛛丝马迹的。"妈妈温柔地搂住了我，"他一定是有什么大的计划，而且瞒着所有人。无论他给你留下了什么话，你都可以自己决定要怎么做。"

我把头埋在妈妈胸口。

我们离开套间，那名参谋正在走廊里等着我们。他似乎想提醒一下我们超时了，但也许是看到了我泛红的眼眶，他还是忍住了："夫人，秦少校，你们得尽快动身前往母舰。"

我点点头。到了我决定自己命运的时候了。

也可能，不只是我自己的命运。

一天后，我站在了中央参谋团的发言台上。

"秦少校,你所说的逃脱经历实在是匪夷所思。"一位高级参谋说道,"但是我们检查了那艘侦察舰上的录像和航行记录,没有任何值得怀疑的地方。""这句话本身就表明了你们的不信任。"我冷冷道,"难道你们怀疑我通敌,是与同盟世界做了某种肮脏交易之后才被放回来的?"

在场的人面面相觑,最后还是那个高级参谋说话了:"很抱歉,秦少校,我们已经是老人,请原谅我们的多疑吧。你不仅成功脱逃,还带回了同盟母舰与他们建造的新地球的坐标——秦司令战死是联合世界的沉痛损失,可我们不应因此停止战略行动。"

"是的,所以我在这里提议,立即发动反攻。"我说。

"反攻是一定要进行的,但应该等上一两个月,以补充兵源和舰只——"高级参谋的话没说完就被我打断:"有件事,可以现在就做。""是什么?""同盟世界不会傻乎乎把母舰留在原地等我们找上门,但他们不可能带着地球一起转移。我们可以把月球当作动能武器向新地球发射——"我指了指会议厅的透明天窗,那颗美丽、晶莹的月亮正在我们头顶闪耀着。

"如果放任不管,新地球无疑会成为联合世界的一个有力根据地。而且,诸位应该都知道,人民对唯一太阳时代的生活是何等向往……"我故意放低了声音,"假如同盟世界借此展开宣传攻势,我们的人民说不定就要成群结队地叛逃到同盟……"

主席台上,有几个人的脸色沉了下来。很好,他们意识到问题的严重性了。战争年代,人口是一切的基础,人口就是生产力,就是兵源,就是社会的基石。

"用弹药摧毁地球?且不说这是否现实,就算能办到,也太过浪费了。"我接着道，"所以，莫不如直接用一颗天体撞碎另一颗天体，而我们手头就恰好有一个。"

参谋们互相低声交换了一下意见。那个高级参谋抬起头："秦少校，你的提案我们会认真考虑。你可以去休息了。最后，请接受中央参谋团对你父亲的致敬和悼念。"

他们朝新地球发射月亮的那天，我站在军官席上目睹了这一刻。

在远处恒星的照耀下，月亮依旧和往日一样洁白，淡淡的月光洒进母舰，像一层薄薄的霜。

有人说这是一个暴君送给自己妻子和女儿的礼物，也有人说这是一个英雄送给所有联合人民的礼物。

联合母舰正庄严地最后一次在它身边绕行，随着母舰的移动，月面上坑坑洼洼的高原与环形山不断从阴影中现身，反射出雪白的光芒，然后又再度遁入阴影。我努力将它们与课本上的那些名字对应起来：伽利略环形山、祖冲之环形山、风暴洋、宁静海……

这是曹操和曹植的月亮，这是杜甫和李白的月亮，这是苏轼和欧阳修的月亮，也是尼尔·阿姆斯特朗和奥尔德林的月亮。

"古人不见今时月，今月曾经照古人。"

这是人类爬出摇篮、面对广大宇宙的第一块垫脚石。人类曾经很稚嫩，走出摇篮的过程也磕磕绊绊、跌跌撞撞，但毕竟是走出来了。

而现在我们却想方设法想要回去，多么滑稽。就好像许多人小的时候盼着长大，长大后又渴望回到童年。

不知新地球上的生物圈怎么样了？同盟世界有没有把原始人类投放到那里？如果夜空中缺了月亮，他们的文明里，将有多少可能诞生的艺术杰作胎死腹中啊！甚至，如果他们发现踏向太空的第一步就得是登上另一颗行星，甚至是靠近另一颗恒星，会不会吓得蜷缩在摇篮里几百年？

"举头望明月，低头思故乡。"我忽然惊觉自己正在想念那个只见过一面的"故乡"，摇摇头努力把这些思绪清出脑海。我扫视着军官席周围的广场，广场上挤满了民众，他们都是特意来到这里送月亮"最后一程"的，有些人甚至已经低下头开始哭泣。

从他们身边夺走月亮，我实在有些于心不忍。但想到另一个秘密，我的负疚感顿时减轻了许多。

在中央参谋团检查我的船之前，我抢先修改了航行记录里新地球的坐标。虽然只有一点小小的偏差，但正好可以让月球抵达那里之后被地球引力捕获。

我和父亲一样欺骗了人民，不过，我想这并非罪行。

发射月亮不是件容易的事情。我们用手头所有的人工引力装置也只能为月球提供一个相对微小的初速，刚好接近这个星系的第三宇宙速度。好在这个星系里的行星有二十六颗之多，其中二十四颗都是巨行星，利用弹弓效应，我们可以让月亮在这些行星之间完成一次复杂的"舞蹈"，最后获得一个可观的终速，以这个速度，月亮大概会在七十五年后飞抵新地球。

七十五年。对于人来说，只不过是一辈子的时间；对人类文明来说，是可以等待的时间；对生物进化来说，就更不值一提了。

月面上环形山交替亮起的速度渐渐加快了。月球的轨道已经开始改变，在它彻底离开之前，联合人民还有差不多两年半的时间仍可以欣赏到它的"舞姿"。

像是一个伟大演员的谢幕演出。

四　玛格丽特

安德烈继任元帅的过程一波三折，不过最后他还是成了同盟人民的领袖，像他父亲所期待的那样。

他最近常去中央公墓。彼得没有留下尸骨，所以舰队只为他修了一座衣冠冢。彼得的墓地很平凡，与其他将士的墓地没有什么两样，与其他在此长眠的同盟元帅也没有什么两样。

这星期以来，我第四次在公墓里看到安德烈的身影。他似乎习惯在父亲坟前思考。我悄悄走到他身后站住，过了几分钟他才惊觉背后有人，充满歉意地转身抱了抱我："对不起，妈妈，我没注意到你。""没关系。"我拍了拍他宽阔的后背，"你在想什么，孩子？""母舰就要转移了，我们不能等着联合世界打过来。"他说，"在走之前，我想和爸爸一起多看看新地球。"安德烈抬手指指头顶，宽大的穹顶外面，新地球的海洋反射着美丽的光芒，照得中央公墓的地面一片蔚蓝。

"很可惜，我们要失去它了。"我说。"未必。"安德烈摇摇头，"还记得吗？我从地球环带回来的那天，你给了我一个记忆晶体，说是爸爸让你转交的。他……留下了一些讯息。我现在知道了，某种意义上，联合世界不是敌人，是我们的朋友。"他抬头望着外面的地球，"上个月，艾伯特叔叔报告说新地球的生态系统可以支持人类生存了，于是我把早期智人投放了上去。"

"如果他们能有创造自己的文明的那一天，希望他们比我们更加幸运。"我说。

"妈妈，这些天来，我一直在思考另一个问题。"安德烈顿了一下，"如果说我们重启了人类文明……那么，有没有可能，我们自己也是被重启过的？"

我一下愣住了。

"要真是这样，历史的真面目该是多么惊人啊。"安德烈喃喃道，"地球的寿命不过四十六亿年，就演化出了我们，而宇宙有一百三十八亿年的寿命……假如存在造物主的话，之前这么漫长的时光里，他在做什么？"

他忽然又抱住了我。"也许人类文明早就被重启过不止一次。之前的那些人类文明可能已经毁灭，也可能仍旧躲在星空远方。将来某一天我们说不定会发现，我们就是创造我们自己的众神。"

五　多年以后

一个雷雨过后的夜晚，木噶小心翼翼地钻出洞穴寻找食物。在黑暗中外出并不明智，但饥饿已经让整个家族奄奄一息，必须有人冒险。冰川期无情的夜色已经吞噬了他的两个兄弟，剑齿虎这样的猛兽还没有学会畏惧人类，在它们眼里，这些刚刚褪去毛皮的猿猴是再美味不过的小点心。

木噶敏捷地在森林里奔跳行走。不远处忽然闪出一簇危险的光芒，他条件反射地钻进树丛，但等他从树丛后面冒出头来，他发现那不是捕食者的眼睛，而是在一棵枯树的枝干上闷燃的火苗。

多半是雷电劈中了这棵倒霉的树。

他深一脚浅一脚地穿过灌木丛，折下了那根树枝，枝头的火苗还在跃动。木噶不禁本能地把身体凑近火焰。

难以置信地温暖。

一声熟悉的低吼响起，木噶吓得转身下意识地伸出那根树枝，想要自卫。不远处的剑齿虎疑惑地盯着木噶手中的火光，忽然有风吹过，火苗一下旺盛了起来，剑齿虎立即转身逃走——不管那是什么，它不是这些可怜的人类，没有饿到需要冒险的地步。

木噶怔怔地望着剑齿虎离去的方向，又看看手中的枝条。

不知何时，天边的云彩散开了，一道银亮的光芒透过云层洒落下来。木噶早在很久以前就注意到了天空中这个越来越近、越来越亮的大家伙，不过它和星星一样，只敢在夜晚露面。但最近几天，它似乎不再变大了，而是出现了更加奇怪的变化——从圆形慢慢变成一个弧形。

终于抵达新地球的月光洒在这个原始人愚钝的瞳孔里，仿佛上帝的微笑，在祝贺人类终于发现了自己的第一件武器，文明的第一块基石。

之后，就只需要时间和耐心了。

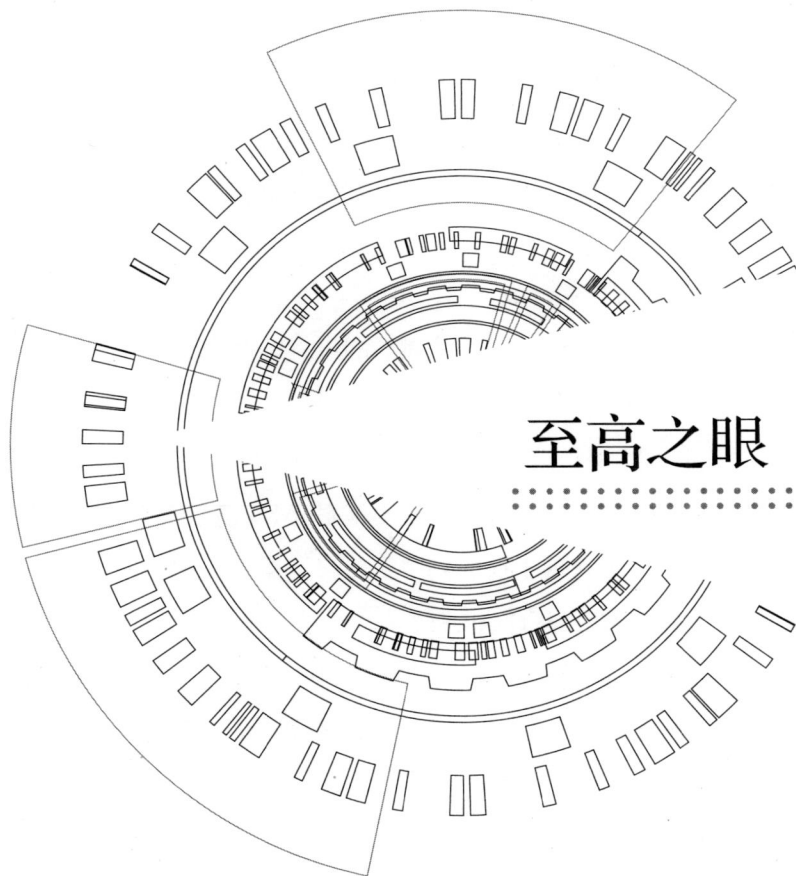

至高之眼

正午的阳光明亮而毒辣，秦枝穿行在庞大的城市里，汗流浃背。四周的神庙建筑巍峨庄严，不同于古埃及平民居住的低矮平房，这里到处装饰着华丽的浮雕、高大的塑像和五人合抱的巨柱。当然，无论在城市哪个角落，最显眼的景物始终是城市中央那座高耸入云的尖碑，碑顶悬浮着一只硕大的眼珠——至高之眼。

秦枝又转过几个弯，终于找到了自己的目的地。她吸了吸鼻子，不会错的，这儿空气里的味道比任何地方都更浓烈，只有防腐师的工作场所才会需要这么多香料。

秦枝撩开殡仪馆入口的帘子。

"女士，这里不接待访客。"一个戴着胡狼面具的男人迎上前来。

"你是阴影？"秦枝开门见山地问道。

男人一愣，随即侧身给她让路："进来，小姑娘。"

"我想成为夜游人。"秦枝进屋后毫不拖泥带水，直接道出来意。

"这不合法。"男人摇了摇头。"合法？"秦枝一愣，随即捧腹大笑，"这儿有任何一样东西是合法的吗？"

"那不一样。"男人争辩道，"'默许'和'禁止'之间的界限非常清晰，胆敢越过雷池的家伙……"胡狼面具后响起一声轻笑，他朝四周挥挥手，几名防腐师正忙碌地将逝者们的尸首装殓，制成木乃伊——古埃及人相信这一仪式是通往永生的必不可少的环节。但看到这一幕，秦枝没感受到任何神圣庄严的氛围，只有不寒而栗。

她重新把目光转回到面前的男人身上，男人的装束俨然是那位接引亡灵的死神——阿努比斯。

"你刚才说'这不合法'，而非'这办不到'。"秦枝依旧没有放弃。

一刹那间，她觉得那张胡狼面具后面的眼睛放出了危险的光芒。"你的洞察力很敏锐，确实是当夜游人的料子。"男人又仔细打量了她一会儿，终于说道。"谢谢夸奖。"秦枝平静地回应。

"我不知道你是怎么打听到这里的，也没兴趣刨根问底。"男人摸了摸自己光滑的下巴，"可有件事必须先说清楚，所有追求'空白模组'的夜游人……无一例外，最后都很凄惨。"

秦枝欲言又止。

"你觉得自己能承受？哈，我们走着瞧吧，小姑娘。"男人说着转身从架子上取下一只小瓶。"这是什么？"秦枝接过瓶子，里面盛满了淡蓝色的液体，她用力晃了晃，分量很沉。

"一个能让你继续走下去的模组。"男人简单地回答。

秦枝没有继续追问，从衣摆下取出一只玻璃滴管——一件明显不属于这个时代的产物。她从陶土瓶中吸了一管淡蓝色液体，然后仰头往双眼中各滴入一滴。

世界在她眼前溶解、崩溃，秦枝的瞳孔仿佛变成了失焦的镜头，一刹那间她视野中只有一片模糊的白光。随后白光黯淡、消散，景物重新清晰起来，她面前的男人变成了中世纪医生的模样，戴着一张诡异的鸟嘴面具。秦枝环顾四周，殡仪馆已经消失不见，取而代之的是一块月光下的墓园，空气中香料的味道也变成了翻开的泥土所散发的清新气息。

"无论在什么模组里，你都会戴着面具吗？"秦枝问面前的男人。"没有点神秘感，别人就不会叫我阴影了。"男人再次耸耸肩。"没人知道你的长相？"秦枝又问。"有啊，至高之眼。"男人伸手指指墓园外的天际，遥远的城市中央，矗立着一根巨大的十字架，就算从这么远的距离望过去，也能看清十字架顶端漂浮的那只眼睛。

秦枝沉默了一会儿。"这东西可真烦人。"她终于低声说道。男人竖起一根手指放在唇边："小声点，说不定海洛蒙公司还在哪儿藏了一只'至高之耳'呢，我可不想让执法者找上门来。"

秦枝没有拖延，告别了阴影，离开墓园。路上，前方的地砖不停亮起白光为她指引方向，她就像一只老鼠，在夜色掩护下钻入小巷，不停地向城市深处前进。

迷宫般的小巷尽头是一间药店。秦枝迟疑一下，推开门走了进去。"夜游人？"正在打盹的老板惊醒过来，问道。"你怎么知道？"秦枝有些讶异。"很简单，这家店只存在于给夜游人引路的模组中啊。"老板微微一笑，"我很久没有见到客人了……"他说着递给秦枝一只玻璃瓶，"想好了，小姑娘？"

秦枝以行动给出了回答。她用吸管汲取瓶子里绿油油的液体，滴入瞳孔，短暂的失明之后，药店变成了一家小酒馆，老板背后的架子上堆满了尚未开封的酒坛，香气醉人，很难相信几秒钟之前那里堆放的是各种泛着怪味儿的药剂。

秦枝走出门去，中世纪的街道被唐宋时期的建筑所取代，沿街都是大户人家，屋檐下悬挂着一排红灯笼，照亮了那些摆放在门口镇宅的石狮。她抬头望向远处的城市中央，那儿不再是巨大的十字架，而是一座刺入云霄的佛塔，灯火通明，唯一不变的只有依旧漂浮于塔顶的至高之眼。

地面再度亮起白光，为她指示方向。此后的数个小时里，秦枝穿梭在城市各处，在每一段旅途的终点都要更换一次模组，她走过苏格拉底时期的雅典，恺撒治下的罗马，刚刚修筑好空中花园的巴比伦，三月里烟花满城的扬州……

最后，她在里约臭气熏天的贫民窟里停下脚步。从踏入这里开始，地面就不再亮起指示方向的白光，她有些茫然地站在道路中央，不知这是否意味着已经到了终点。

一个年老的乞丐拄着拐杖，慢腾腾地沿着街道挪动。经过秦枝身边时，他停了下来："夜游人，嗯？又一个追求空白模组的傻瓜？除了你们没人会找到这里来。"他的声音里充满了讥讽。

老乞丐抖抖身上那件脏兮兮的袍子，摸出一只盛满了黑色液体的小滴瓶，塞给秦枝："你知道该怎么做。"

秦枝把黑色的模组液滴进眼睛，一瞬间她觉得眼球正自内而外熊熊燃烧，她蹲下身抱着头痛苦地大叫。老人冷冰冰的声音响起："叫够了没有？你的嗓门简直能把所有执法者都吸引过来。"

疼痛感终于稍稍减轻，秦枝睁开眼，发现自己正站在一座辉煌壮丽的城市中央。她面前是一座庄严的凯旋门，一条大路穿过门洞直通城市中央，那儿矗立着另外一座宏伟建筑，其顶端是个巨型穹顶，穹顶上方的空中飘浮着至高之眼。

她身边的老人换上了一套军装。"欢迎来到阿道夫·希特勒梦想中的第三帝国首都——日耳曼尼亚。"老人手中的拐棍变成了一根雕饰华丽的手杖，他挺直腰杆笑眯眯地说。

"这就是空白模组？"秦枝疑惑地问，这和她的想象差得太多了。
"不，这是我收藏的一个模组，我管它叫'暴君之城'。"老人挥了挥手杖，向前走去。"你是谁？"秦枝紧跟上去。

"我知道你有很多问题，小姑娘。"老人伸手拦住正要连珠炮般发问的秦枝，"我会满足你的好奇，但首先……给我一个你到这里来的理由。"

秦枝思忖了一会儿。理由？为了一个虚无缥缈的传说？为了那个甚至不一定存在的空白模组？

她抬头望了一眼天际线上的至高之眼。她知道那眼睛只是个摆设，是海洛蒙公司印在所有模组里的商标，也是他们力量的象征。真正的至高之眼，在每个人的虹膜里面。

想到这里，秦枝下意识地摸了摸左肩上的伤疤。每个新生儿在出生后24小时内都要被注射一针"银剂"，那是一种混合了纳米机械单元和神经递质的液体，银剂将改造新生儿大脑的感觉中枢，确保所有人从出生起就连入模组城市。银剂会在肩膀上留下一块闪亮的伤痕，称为银疤。

海洛蒙是个伟大的公司，秦枝也不得不承认这一点。他们开发的模组让人们可以随心所欲地生活在各种风格不同的世界里，有怀旧情结的人可以选择历史模组，成为罗马或雅典的市民；喜爱冒险的人可以选择奇幻模组，居住在由魔法和巨龙守护的城堡里；想象力发达的人还可以选择科幻模组，他们眼中的城市充斥着高塔、悬浮车、玻璃幕墙与发射架。通过将模组液滴入眼眶，银剂中的纳米单元会在神经与血管里改变位置，对感官做出刺激，令大脑接收到与模组相符的视觉、听觉、触觉讯号。

海洛蒙公司一手创造了这座城市。为了约束人们在模组世界中的行为，他们监视着每个人。监视手段很简单，纳米单元会把所有人视神经接收到的讯号传回至高之眼下面那幢直入云霄的建筑——海洛蒙公司总部。

摄像头是每个人的眼睛。

"我想要真相。"秦枝终于说道。"真相？"老人愣了一愣。"我想知道城市的真正面目。"秦枝老老实实地说，"所有的历史资料都只记录到公元2000年左右，自那之后到现在的历史，是一片空白。这中间究竟发生了什么？""只是因为好奇？"老人哈哈大笑，"我见过许多夜游人，他们的目的可比你高尚许多，有些人为了'自由'，有些人为了'隐私'，他们都义愤填膺，誓要推翻海洛蒙公司的暴政。""暴政？"秦枝有些茫然。

"你喜欢历史，那咱们就来谈谈历史。"老人的手杖敲打着洁白的地砖，道路两侧矗立着巨大的雕塑与华丽的街灯，"希特勒战败前曾有个宏伟的规划，他要把柏林建设成有史以来最伟大的首都。这座凯旋门的高度是巴黎那座凯旋门的两倍，"老人指指头顶那巨大凯旋门投下的阴影，"而前面的大会堂，尺寸是罗马圣彼得大教堂的两倍。"老人又指指远处高耸入云的穹顶，"每个暴君都对宏伟建筑痴迷不已，尼禄、秦始皇、拉美西斯二世，无不如此。大概几百年前，有个叫费拉洛夫的人创办了一家游戏公司，他坚信能通过改进VR技术，让人们眼中的世界变得更加美好，不费一砖一瓦就建成日耳曼尼亚这样宏伟的城市。他的VR游戏很成功，让人们身临其境，在虚拟世界中不能自拔。有人痛骂他的技术是新型毒品，是海洛因、有害的荷尔蒙，费拉洛夫反而觉得很自豪，干脆把两个词结合在一起，将公司改名为海洛蒙。"

"再之后呢？"秦枝追问。"战争、权谋、交易，再加上人类历史上一些司空见惯的肮脏手段，世界就变成了这个样子。"老人简短地说，"所有人都进入了海洛蒙公司的VR城市，只需要更换模组就能体验任何一种生活，自那时以来，已经数百年没有发生过战争。"

"但这是一种欺骗……"秦枝说。"所以才有了空白模组的传说。"老人笑道，"有人说，空白模组是一种能暂时抵消银剂作用的模组液，让人看到真实的世界……不过我可以告诉你，没这种玩意儿。"

秦枝已经有了心理准备，因此并不意外。"那除了空白模组以外，有没有能看到'真实世界'的方法？"她问。"有，很残酷。"老人停顿了一下，又从口袋里掏出另一只小玻璃瓶，瓶中盛满了鲜红的模组液。"换个地方说话，执法者快要注意到咱们了。"

秦枝将模组液滴入眼睛，再睁开眼后，她发现天际线上最高的建筑变成了一座层层向上收缩的圆塔，塔顶矗立着一尊巨大的列宁塑像，列宁头顶漂浮着至高之眼。

"苏维埃宫，斯大林梦中的苏共中央驻地。"老人变成了苏军军官的打扮，他指指那座巨塔，"这儿是斯大林设想中完美的莫斯科，充斥着雄伟建筑的莫斯科。"

"请问，为什么我们非得频繁更换模组？"秦枝终于忍不住问道。"海洛蒙公司无法区分清醒时的视觉讯号与梦境中的视觉讯号。"老人回答，"我们想避开至高之眼的监视，只有两个办法。第一是在移动与交流中不停更换模组，这样公司的服务器会把接收到的讯号判定为混乱的梦境，而不会通知执法者。我们是在夜色与梦中出没的人，所以才叫夜游人。"

"那第二呢？"秦枝又问。"很简单，捅瞎自己，废掉监视器。"老人调转手杖做了个刺向眼睛的动作，"想要看到城市真面目也只有这个办法，在刺穿晶状体时，巨大的疼痛会切断银剂的欺骗讯号，让肉眼见到'真实世界'。"

秦枝沉默了一会儿，拔下两根发簪。"你是认真的吗，孩子？"老人吃惊地问。

秦枝没有回答，忍着巨大的疼痛将发簪缓缓插入双眼，眼眶中血泪齐流。

莫斯科的景色渐渐暗淡下去，一大片一大片与建筑物尺寸相仿、蓝绿相间的巨型立方体在那些高楼的位置上浮现出来，仿佛一片没有生机的森林。剧痛之下，秦枝在失明前努力把目光投向远方的城市中央——

那里什么都没有。没有塔楼，没有巨像，没有穹顶，更没有那只至高之眼。只有一轮夕阳悬挂在地平线上，黯淡、无趣。

"孩子，欢迎正式加入夜游人。"老人的声音传来，"你看到的蓝绿色建筑，是海洛蒙公司为了方便VR技术抠像、贴图而采用的绿幕。现在，你真正进入了夜色——我们将一道为真相与自由而战，我们的敌人是海洛蒙公司。"

数日后。

"近来有何收获，老先生？"

"前几天有个小姑娘找到了我。"

"我见过她。你怎么做的？"

"老办法，阴影。在我的模组里，她自以为刺瞎了自己，但我只是暂时切断了她大脑中的银剂讯号——银剂讯号一断，意味着视觉就没了，根本不存在看见'真实世界'一说。"

"好奇的孩子，真不让我们执法者省心。"

"夜游人早就成千上万了，加她一个也不多。无非是要花些力气，为他们再创造一个反抗公司的情景模组罢了。"

　　"人们总觉得自己生活在骗局中，他们关心的不是真相，只是需要一个与他们从前所见不同，而又合情合理的解释。"

　　"没错。暴力掩盖是最愚蠢的。聪明的做法是为他们创造一个了解真相的'希望'，越虚无缥缈越好，这样他们找到了'真相'之后就会愈发坚信不疑。"

　　"就算被识破，我们还可以继续制造新的'真相'。他们永远无法从这根链条中挣脱出来。"

　　"那我们自己呢？我们自己是否生活在'真相'里？"

　　"如果你想过得开心些，就别去和至高之眼闹别扭。少思考哲学，老先生，否则我就不得不对付你了。"

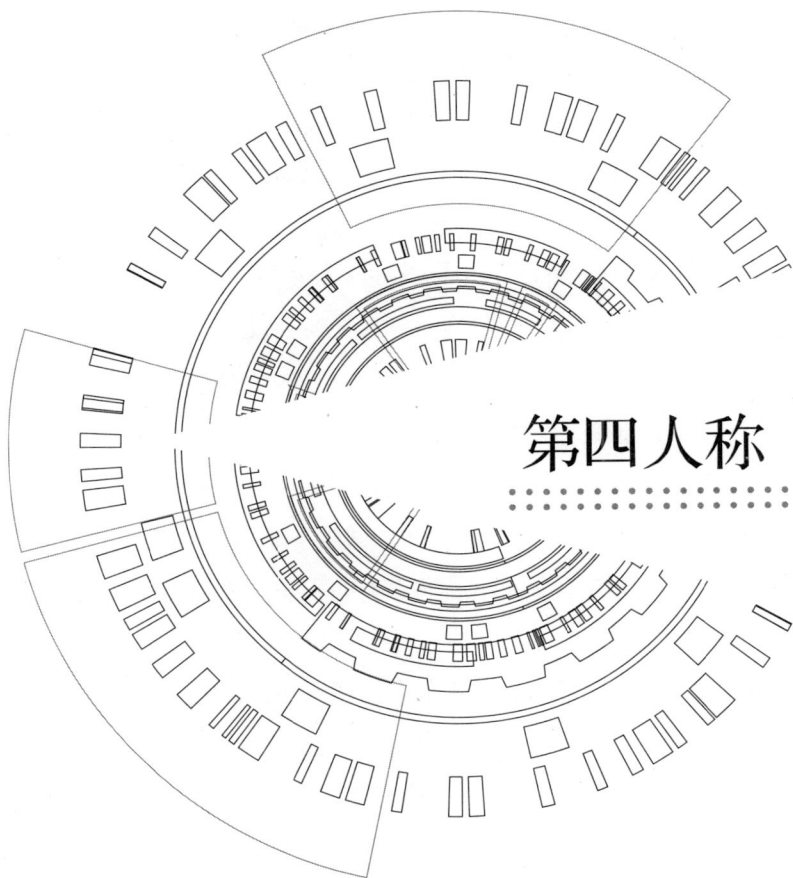

第四人称

将军走下登陆艇，踏上光滑坚硬的冰面。巨大的木星占据了他头顶夜空中的很大一块视野，仿佛一只充血的眼睛，冷冷地俯瞰着这位不速之客。

木卫六，那些天文学家用这个干巴巴的名字称呼这颗卫星。将军摇了摇头，他还是喜欢这颗卫星的另一个名字——赫斯提亚。

赫斯提亚是希腊神话中的灶神，掌管火焰、光明、温暖以及希望。可惜的是，这些词没一个能跟木卫六搭上边。木卫六是个冰冷的、不近人情的世界，平均温度为零下一百七十度左右，表面被厚重的冰层所覆盖。

不远处亮起两束灯光，博士的声音响起："将军阁下，欢迎光临。""博士，我听说你们在这儿有了重大的发现。"将军说道。"没错，等您回去告诉那些记者，一定能弄出一个大新闻。"博士神情略带疲惫，面孔因缺乏休息而显得苍白，却掩饰不住目光中的兴奋之色。

将军点点头："带我下去吧。"

两人身边是一个开凿在冰面上的湖泊，岸边停泊着一艘早已准备好的深潜器。博士和将军进入船舱，深潜器开始缓缓下降。

过了很久，依旧没有见到海底，将军有些不安。"耐心些，阁下。这片海洋很深。"博士说道。

"你说的那个——"将军这才发现自己还不知道该怎么称呼博士的发现，"它就在底下？""不是'它'，是'虵'。"博士笑道。"蛇？"将军皱眉，想起了地球上的冷血爬行动物。"读音是蛇，字形是左虫右也，虵。"博士伸出一根手指在空气中比画，"这个汉字的本意也确实指蛇，但在这里，虵代表的是你、我、他三个人称之外的新人称——第四人称。"

"第四人称？"将军的眉头皱得更紧了。

"你、我、他，代指个体。"博士竖起左手食指，"你们、我们、他们，代指群体。"他摊开右手手掌，"那么，假如有这样一个东西，它自身是一个庞大无比的个体，但同时又是无数活生生小个体组成的集群，我们该怎么称呼它呢？"博士用右手握住左手食指，问道。

将军的眉头舒展开来。"那么，确实有必要为这样的存在创造一个新词汇。"他点点头。

深潜器忽然轻轻一震，似乎降落在了一个软绵绵的表面上。

"我们到了，阁下。"博士说道。

将军透过舷窗向外望去，木卫六的海洋深处一片黑暗，视线所及，只能看清深潜器灯光照亮的一个小圆圈范围。

"我什么都瞧不见。"他摇摇头。"在下面。"博士敲了敲玻璃，示意将军低头。

然后，将军看到了虵。

他以为这里是海底，正有节律地缓缓起伏，仿佛整个地壳在呼吸。

"欢迎见识崭新的生命形式。"博士张开双臂。"这东西……有多大？"将军惊讶地问道。

"它包裹了整颗星球。"博士比画了一个极大的跨度，"或者，更恰当的说法是，它正在成为这颗星球本身。""说得简单些。"将军的眉头又拧了起来。

博士从怀里掏出一根试管，里面一团水母状的东西拖着长长的触须，在液体里不停浮沉。"这是虵的一部分，也是虵的全部，它与外面覆盖整个海底的虵，并无不同。阁下，不知你是否听说过'分形'这个概念？"

将军回忆起了大学时代的数学课程，分形是那些枯燥乏味的图像中的一抹亮色。

"请用一根长度无限的线填满一块面积为零的区域。"将军的老师以这样一个任务向学生们展示分形几何学的用途与魅力。当然，将军没能解开这道题，但他在老师的指导下，用电脑绘制了著名的雪花曲线。这条曲线是从一个边长为1的等边三角形开始，在每边中央加上一个小等边三角形，然后在这些小等边三角形上再加上更小的等边三角形，如此重复以至无穷。

那个并不太长的程序跑起来之后，屏幕上的三角形就迅速一圈一圈生长出新的小三角形，仿佛某种藻类在疯狂增殖，很快变成漂亮的雪花晶体模样。选中这片数学雪花的任何一部分，无论怎样放大，总能得到与整体轮廓毫无二致的美丽六角形，毫不走样、失真。

"那过程就像是从一颗星星里面衍生出了整个银河。"将军当时这样惊叹。

"蚰是一种生物学上的'分形'。"博士说道，"它没有我们传统概念里的器官分化，我们做了各种尝试，但不管怎么测量，都只能得出一个结论：覆盖数百平方公里范围的蚰，与这根试管里的蚰，从形态、结构再到生理功能，都完全毫无二致。"

深潜器再次启动，缓缓飘向前方的一道海沟。"还没到底？"将军问。"这里是蚰的表层。"博士说道，"我们现在要去深层，那里才是这颗星球上——不，可能是这个宇宙中最伟大的奇观。"

深潜器进入"海沟"后，将军才发现刚才所处的地方是一块蘑菇般的伞盖，而"海沟"则是两朵伞盖之间的夹缝，在伞盖下面，还有无数不知几千米长的触须，直通黑暗深处。

又过了许久，深潜器微微一颤，这次是真正碰到坚硬的海床了。舷窗外，苍白的灯光照亮了一条更加苍白的触须，这根触须粗大无比，将军把监视器上的画面拉近，发现触须上密密麻麻布满了细小的伞盖与触须，而仔细观察，又可以发现它们由更小一级的伞盖与触须构成。

"我说过，蚰是一个生物学上的无限分形，阁下。"博士制止了将军不断放大画面的举动，"您就算放大到显微级别，也不会有新发现的。"

"你说她正在成为这颗星球本身，是怎么回事？"将军抬头问道。

"这些触须，向下探入地壳。"博士指指脚下，"与我们以往的想象不同，木卫六内部存在着相当活跃的热能活动，其成因是木星的巨大引力对深源物质的不停拉扯。她是一种很奇特的碳硅双基生物，它从木卫六表面稀薄的甲烷大气中吸收碳来编织神经索，从地壳中吸收硅来制造外壳，我们猜测，她在木卫六上可能已经生长了数千万年。"

数千万年。将军在内心计算了一下，那时哺乳动物刚刚摆脱中生代巨大爬行动物的阴影，人类的祖先还四肢着地，愚钝地食用青草和昆虫。远在那个时代，木卫六的海洋深处就已经萌发生命的种子。

也许，赫斯提亚这个名字并没有取错。这里是一个古老的火炉，在漫长而寒冷的夜色中散发着生命的光彩。

"她的根须源源不断地把木卫六地壳转化为自身的一部分，经过这几千万年的时间，她已经几乎要与整个木卫六融为一体了。"博士说道，"我应该再次欢迎您来到这里，来到一颗活生生的星球上。"

"这对我们的发展有什么帮助吗？"将军一向是个务实的人。

"当然，她向我们展示了一种全新的存在方式。"博士回答，"她是真正的星际种族。您想象一下，无数这种拖着触须的伞盖穿过星空，落在陌生行星的表面，花费足够漫长的时光，成长为与星球同样庞大的个体，然后再释放出新的伞盖……她是被星风吹动的蒲公英，在宇宙这片辽阔的原野上遍地开花。而每一株她的根系，都通过思维跨越时空彼此牢牢相连……""等等，思维？"身经百战的将军终于真正动容，"这个东西，像我们一样能够思考？"

"啊，阁下，在宇宙面前，你们人类的语言实在太过匮乏。'思维'是我能找到的最接近的词汇。"博士说道，"她并没有大脑这样的独立中枢，也不存在什么独立人格，相反，她的思维层次可以向下无限细分，又可以向上无限汇合，那是一个比多维宇宙更加复杂的嵌套结构，在人类眼里，她是最严重的精神分裂症患者，却又是最为坚定而健康的智慧个体。"

将军毫不犹豫地拔出腰间的枪，顶在博士脑门上："你刚才说'你们人类'。"

"阁下，我没有恶意。"博士摊开手，"噢，请原谅，不该用第一人称……应该说，她没有恶意。""你是她？"将军问。"你也犯了错误，你用的是第二人称。她就是她，既可以用于自指也可以用于他指，为了从人类语言里找出这样一个合适的第四人称，她花费了不少时间。"博士伸手想要握住将军的手腕。

扳机一响，博士的脑袋并没有开花，相反，他的脑壳以子弹穿过的轨迹为界，向左右逐渐缓缓裂成两片伞盖。

博士还是握住了将军的手腕。将军试图调转枪口对准自己的脑袋，却发现博士的手指已经化作触须，牢牢缠住了他的关节。"我连死法也不能选择吗？"将军靠多年戎马生涯培养出的定力，勉强让自己还能保持冷静。

博士摇摇头："谁说你要死了？"

触须用力刺入将军的皮肤，却并没有血液流出。将军的血管开始根根凸起，那些触须正沿着血管在他皮肤下朝着心脏与大脑爬行，将军努力想要挣脱，却发现自己的意识开始不受控制地逐渐模糊。

深潜器舱内的灯光开始摇晃、黯淡，慢慢收缩成一个光点，飞退而去，越来越遥远，最后终于熄灭。将军感觉到自己在下沉，不断下沉，沉入一片没有尽头、亘古存在的古老海洋。

这就是死亡？

还有多久才到底？

不知过了多久，"海洋"深处除了黑暗终于出现了别的东西——无数巨大的白色伞盖，伞盖下面连着触须。

不……有些不对劲……将军仔细观察着。每个伞盖上都长着巨大的黑色圆圈。

那是眼睛，无数连着神经索的眼睛。

将军感到自己正被一个庞大无比、莫可名状的存在凝视着。

然后，他也看到了自己。

一个人类的轮廓，正在牠的意识海洋中消散、崩解。

他正在成为牠的一部分。

不……还是不对劲……

他"环顾四周"，发现自己正慢慢被汹涌而至的图像洪流包裹。那是来自宇宙每一个遥远角落的讯息，他看到一切，听到一切，感觉到一切……星云中正在吸积物质、逐渐成形的年轻恒星，一边膨胀一边衰老的红巨星，刚刚爆发的超新星，还有那些渺小的行星、流浪的彗星，以及光辉灿烂的银河……视角迅速拉远，他像一个巨人大步在宇宙的标尺上前进，跨过本星系群尺度与本超星系群尺度，看见了时空的纤维状结构，那是一幅美丽而又千疮百孔的图案……

随后图像的洪流滚滚倒退、远去，他在那根竖直的宇宙标尺上迅速跌落，从巨人转瞬化作侏儒，一头摔进分子尺度、原子尺度、量子尺度……他看见概率云弥漫在时间轴上，勾勒出每一个不确定的未来的形状，等待着观察者前来发现、创造属于自己的未来……

那是宇宙各个角落的牠存贮在意识海洋中的知识与讯息。

他正在成为牠的全部。

最后，意识深渊中的人类轮廓彻底崩解，牠明白了。

"他"已经消失。同样，"你"与"我"也已经消失。

只剩下她，永恒而伟大的第四人称。

她看到一切，听到一切，感觉到一切。她从远方注视着地球，亲眼看见那些渺小的氨基酸链聚合成复杂的多肽分子，再聚合成细胞结构，进而发展成原始的生物，它们游弋、进食、繁殖，变得足够强大之后登上陆地，然后在进化之路上分道扬镳，或者变作短命而灵活的动物，或者变作长寿而木讷的植物……星空寂静，它们的世界无人打搅，它们在属于自己的时代里崛起、兴旺，然后消亡，让位给进化链条中更上一级的后代……

浮游生物停留在第一人称的时代，只知道自己的存在；恐龙停留在第二人称的时代，只知道自己与世界的存在；人类停留在第三人称的时代，知道除了自己与世界之外，还有其他许多与自己相同的个体存在。

而她进入了第四人称时代，早在人类出现于地球表面之前。

前三种人称所带来的差别，在第四人称中消弭殆尽。

木卫六上，她小心翼翼地让一颗种子离开海床，钻破冰层，浮上水面，然后朝星空升起。

那颗种子的方向是地球。

一颗又一颗星球成了她，一个又一个星系也成了她。她渴望了解宇宙，而唯一的办法就是融入宇宙，成为宇宙本身。为此，她无限延续、扩张着自己的生命，朝大爆炸之初第一束光都无法照亮的宇宙边缘前进，不停前进。

她眼中有一个美好的未来，所有意识在同一片海洋中彼此连接、合而为一的未来。

地球上。

"他失踪了？"元帅皱眉读着来自木卫六的报告，"算上那个倒霉的博士，我们已经失去两个骨干人物了。再派一位将军过去，这次要带上舰队。"

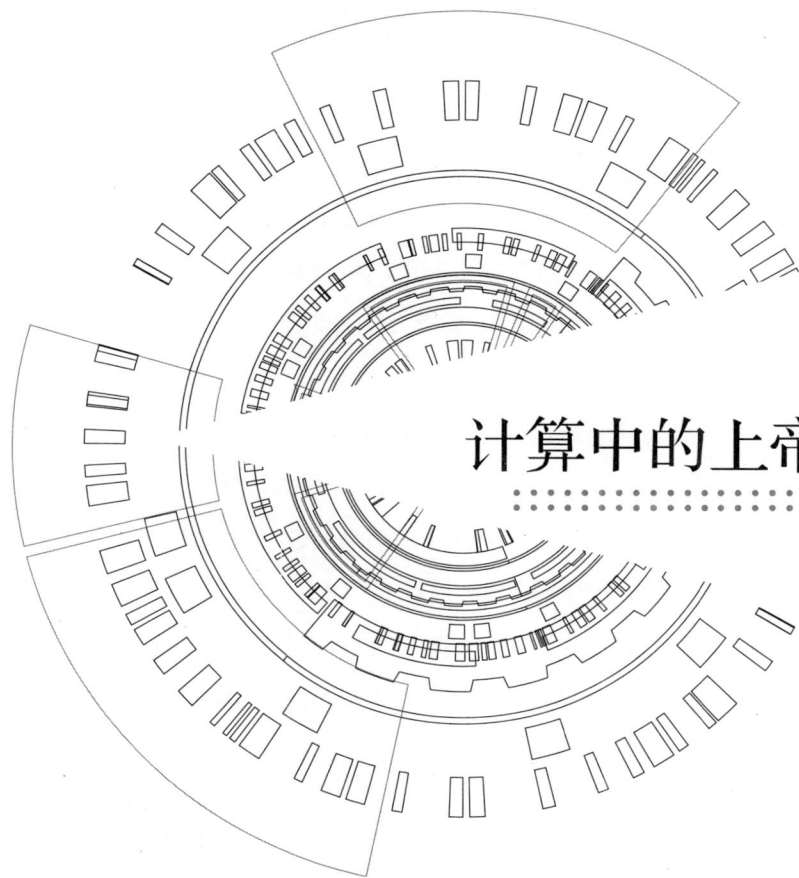

计算中的上帝

一　　1716年

　　莱布尼茨知道自己大限将至。

　　"尊敬的爵士，我们之间的裂痕已然无法弥合……"在信纸上写下这几行字时，他感觉自己的生命就像笔尖的墨水一样迅速流逝。

　　爵士。莱布尼茨苦笑。对方可是货真价实的贵族，而自己呢？只有一个用了大半辈子，却不被别人承认的男爵空衔。

　　莱布尼茨有许多尚未完成的设想，即便面对历史的审判，他也可以毫无愧色地自夸这些设想是多么伟大——伟大到他死后欧洲只有一个人能理解。

　　二进制、逻辑语言、计算机器……他坚信两三个世纪之后，这几样东西将成为文明社会的基础。想到这里，他看了一眼桌边那台只做完了一小部分的黄铜装置，如果收信人不肯大发慈悲，它就永远只能是个半成品了。

　　莱布尼茨的手指有些僵硬。时值十一月，寒气从窗缝渗入房间，对这位七十岁的老人来说，德国北部的汉诺威森林有些太冷了。

　　"我恳求您，不要将这封信扔进壁炉，请抽出几分钟看一看我设计的这种机器。它尚不成熟，但我相信您一定有能力将它完善成一种便利的、对学者们大有助益的计算工具……"写着写着，莱布尼茨觉得有些疲倦，血液似乎拒绝离开他孱弱的心脏，拒绝为他的手指注入最后的动力。他不得不停下来，搓搓双手，往手心呵一口热气，然后提笔再写：

"我甚至可以大胆预言，数个世纪以后，我们的子孙会生活在由这种机器协助建造的世界里。因此，看在以后许多世代里将要降生的孩子们的份上，请务必照料好它，不要让它被无知的铁匠拿去，变成农民打造犁头的材料……"

莱布尼茨从衣袋里掏出怀表，他的手指冻得发颤，摸索了两次才握住表链。怀表的镀银外壳像森林里的月光一样冰凉，老学者看看时间，黑夜正在流逝，新的黎明不久就要来临。

他从抽屉里摸出一个发黄的信封，将信纸装好，拿起蜡印放在黯淡的烛火上加热一会儿，用力按在信封开口处。然后，他犹豫许久，还是在信封上写下了收件人的名字：艾萨克·牛顿爵士敬启。

除了信件之外，还有许多图纸也必须一并寄出。莱布尼茨放下信封，揉揉干涩的双眼，拿起手持眼镜，就着烛火最后一次清点桌上的手稿。数小时后，朝阳又一次照耀在欧洲大陆上，莱纳河畔，汉诺威城被淡淡的冬雾笼罩。戈特弗莱德·莱布尼茨男爵孤独地伏在自己的书桌上，休息了。

二 1805年

进入杜伊勒里宫巨大的书房后，拉普拉斯不由自主地放慢了脚步。阳光从高处的玻璃窗落下，照得地毯上华丽的金线熠熠生辉。拉普拉斯穿行在小山般的书架之间，思忖着这里的主人是否真有那么多时间去阅读藏书。

书房尽头的墙上悬挂着一张欧洲地图，一个有些矮小的身影伫立在地图前，仰头沉思。

"陛下。"拉普拉斯恭敬地叫了一声，随后行礼。

拿破仑从地图上收回目光，转过身来："拉普拉斯，我收到了你的新书。"皇帝指指一旁桌上的一本大部头著作，羊皮封面上印着"天体力学，第四卷"几个大字。"我很好奇，在这样一部描述世界的书中，为何你竟然一次都没有提到宇宙的创造者——上帝？"

"陛下，您一定读过牛顿的著作。"

"当然，我是炮兵出身，不懂力学和弹道的军人打不了胜仗。"

"那么您应该知道，在牛顿的物理学体系中，只要知道宇宙中某一时刻所有物体的位置、受力和运动状态，任何人都可以预言整个宇宙的未来——剩下要做的事情不过是无穷无尽地解方程罢了。我不需要假设上帝存在。"

"你的意思是，宇宙只是颗飞在空中的巨大炮弹，"拿破仑说，"一旦确定了它的坐标和速度，就能计算出它的落地点。"

"正是这样，陛下。"拉普拉斯回答。

"那么你有没有从另一个角度思考过问题呢？"拿破仑重新转过身去望着地图，"根据物理方程，我们同样能算出炮弹的发射点。换句话说，我们也可以算出世界之初每一样物体的位置以及最初令它们运动起来的那个力。"

"您说的是第一推动力。"拉普拉斯迅速回答，"牛顿生前就已经提出过这样的观点。"

"你不觉得这个想法很奇妙吗？"拿破仑喃喃道，"或许我们甚至能计算出创世时上帝本人在这个宇宙中的位置！"

拉普拉斯有点被吓到了。"陛下，这……这会不会有渎神之嫌？"他结结巴巴地说。

"渎神？"拿破仑轻蔑地笑了一声，"我是法兰西人的皇帝。"

拉普拉斯不得不提醒自己，仅仅一年前，就是在这座宫殿里，拿破仑成了欧洲历史上第一位自己给自己加冕的君主。他命令教宗庇护七世从罗马来到巴黎，然后在加冕典礼上从教宗手中夺过皇冠，亲手戴在自己头上。

时代已经变了。

"拉普拉斯先生，我召你前来，是因为你在学术界有崇高的声望，虽然你在政治上的作为实在令人厌恶。"拿破仑直言不讳地说，"你毫无立场和操守，像一个小丑和墙头草，历次革命中谁得势你就支持谁……不用怕，我还会让你继续在宫廷里工作下去。"他看着羞愧地涨红了脸的拉普拉斯，"但你要为我研究一个问题：如何从数学上计算、寻找上帝的存在？"

"遵命，陛下。"拉普拉斯低声道。

三　1806年

高斯站在哥廷根大学教室的窗前，目睹征服者入城。

拿破仑显然不满足于做法国人的皇帝，他要做欧洲人的皇帝。

窗下，一眼望不到头的法国军队正趾高气扬地开进哥廷根。不久，士兵们突然爆发出一阵欢呼，一个穿着华丽服饰的男子在卫队的簇拥下骑马通过大街，他所过之处，士兵们不停地行礼。

不知是不是错觉，高斯觉得马上的拿破仑似乎抬头向自己这边看了一眼。

当天下午，两个陌生的法国士兵敲开了高斯的门，出乎意料，他们的态度很客气："高斯先生，我们的皇帝想见您。"

"我只是个数学家，不懂政治……"高斯话没说完，士兵就打断了他，再次重复道："先生，皇帝想见您。"

高斯知道自己别无选择。十几分钟后，他被带到了城里一座旅馆的后院。后院中央停着一副灵柩，拿破仑正站在那里等他。

"高斯先生，知道躺在这里的是谁吗？"皇帝问。

高斯隐约能猜出棺材里的人的身份，但他没有勇气去确认。

"是你学术生涯的赞助者，你的故乡布伦瑞克的统治者，费迪南公爵①。"拿破仑证实了高斯的猜想，"他是个勇敢的战士和领导者，倒在了你故乡的土地上。"皇帝走过高斯身边，拍拍他的肩膀，"我并非冷血无情，你有五分钟哀悼你的恩人。"

不久，拿破仑准时回来了。他挥挥手，几名士兵从满脸泪痕的高斯面前抬起灵柩，将它运走。

"尘归尘，土归土。高斯先生，我希望悲伤没有冲昏你的头脑。"拿破仑望着数学家说。

---

① 威廉·费迪南公爵：高斯的赞助人，高斯家乡的统治者，1806年在抵抗拿破仑统帅的法军时，于耶拿战役中阵亡。

高斯努力控制住自己的情绪："您想要什么？"

"不是我想要什么，是你能给我什么。"拿破仑摇头，从衣袋里拿出一本薄薄的小册子，"看看这个吧。"

高斯没有动。

"我已经下令军队不得侵犯布伦瑞克和哥廷根这两座城市，因为它们是你生活和求学之地。"拿破仑淡淡道，"按照惯例，我所征服的地区的大学一律必须关闭，但哥廷根大学——由于伟大学者卡尔·高斯先生的存在，可以例外。"

高斯当然能听出皇帝的弦外之音。如果他不合作，拿破仑要收回成命只是一句话的事情。他又一次别无选择。

他从拿破仑手里接过那本小册子，翻看起来。过了一会儿，高斯的眼睛瞪得越来越大："这是……""我诸多宏伟计划中的一个，或许是最宏伟的那一个。"拿破仑依旧轻描淡写地说，"好了，现在告诉我你的看法吧。我需要这个时代最优秀的数学家的帮助。"

四　1836年

查尔斯·巴贝奇①是剑桥大学卢卡斯教席的教授，这一职位带来的荣誉

---

① 查尔斯·巴贝奇：十九世纪英国发明家，电脑先驱，创造了"差分机"这一基于机械零件的计算机器。

崇高无比，他的诸多前任都是出类拔萃的智者，其中声名最显赫的一位叫艾萨克·牛顿。

巴贝奇教授的头脑里永远充满了奇思妙想，也因此，他举办的周末晚宴总能吸引到许多社会名流，人们都愿意花上两小时到教授家里饱餐一顿，并听听他发表的高论——无论能不能听懂。

这个周末的晚宴格外隆重。教授家大厅的地板上摆着一台约有一人高的机器，机器安装在一个长方体金属框架内，其主体部分是上千个精密的齿轮，这些齿轮被分成许多组，串在几十根竖直安装的轴承上，轴承之间以精巧的杠杆和辐条相互连接。此外，机器侧面还有一个巨大的摇把。

客人们绕着机器转来转去，兴致勃勃地猜想它的用途，但教授本人却站在一旁笑而不语，拒绝了向他抛来的所有提问。

几分钟后，教授家门前爆发出一阵欢呼声："威灵顿公爵！公爵阁下！"

一辆大马车停在门口，一位满头白发的老人下了车，拄着手杖向屋里走来。

教授穿过人群，迎接身份显赫的客人。威灵顿公爵是在滑铁卢战役中打败拿破仑的英雄，也是巴贝奇教授的资助者之一，虽然已经年迈，但他仍然对新鲜事物抱有强烈的好奇心。

寒暄结束后，教授终于站到那台机器旁边。"女士们，先生们，感谢大家光临。"巴贝奇向听众们鞠了一躬，"请允许我向你们介绍——差分机。"

客人们面面相觑，显然没听懂这个名字。

"差分，是数学中的一种运算。"巴贝奇解释道，"差分公式很复杂，计算起来也很费时。因此我想，能不能制造一种机器，让它帮我们完成枯燥的计算工作呢？日光之下并无新事，我不是第一个冒出这种念头的人。"教授从怀里拿出一沓纸张，"我在剑桥大学图书馆里发现了这些手稿，上面的署名是戈特弗莱德·莱布尼茨。根据手稿内容，他受帕斯卡启发，设计了第一台计算机器。结合莱布尼茨的思路，我制造了这台差分机。"

说完，教授抓住把手用力摇动，上千个齿轮同步旋转起来，在连杆的驱使下，这些齿轮像浪潮一样在机器的长方体框架里一遍遍滚过，烛火映照下，黄铜与钢铁的闪光像星星一样令人眼花缭乱。

差分机右端的一个开口处不停往外吐出长长的纸条，有几位好奇的客人凑了上去，发现那儿安装着一套结构类似打字机的机器，沾满油墨的字模在传动杆的驱使下有节奏地敲击着白纸，印上一个个数字。

"那些纸条记录了计算的结果。"巴贝奇抬起袖子擦擦额头的汗，显然摇动那个大把手很费力气，"现在差分机在计算一个最基本的二次函数：$f(x)=x^2+x+1$。我每转动一次把手，差分引擎就输出一个值，请哪位先生去看一眼纸条，如果无误，纸条上应该有一串数字，分别是 x 为1、2、3、4……时的函数值，以此类推。"

威灵顿公爵来了兴致，他挂着手杖亲自走到差分机右边，弯下腰捡起细长的纸条。"3、8、13、21、31、43……巴贝奇教授的机器计算完全正确！"公爵向人们大声宣布。客厅里顿时响起了如雷的掌声。巴贝奇放开把手，微笑着朝人们鞠了一躬。

晚宴开始前，威灵顿公爵穿过餐厅里闹纷纷的人群，走向巴贝奇："教授，你到过圣赫勒拿岛吗？"

"没有。"巴贝奇谨慎地说。他知道那里是拿破仑死去的地方，但猜不出公爵为什么忽然提起这座大西洋中的孤岛。

"拿破仑去世后，我们的士兵在他的遗物中发现了这个。"威灵顿公爵从怀里拿出一本薄薄的小册子，巴贝奇接过来看了一眼，册子封面上有一连串署名：皮埃尔-西蒙·拉普拉斯、约瑟夫·拉格朗日、阿德里安-马里·勒让德、卡尔·弗雷德里希·高斯——都是大名鼎鼎的数学家。

"《计算中的上帝》？"巴贝奇反复念了几遍小册子的册名，"它讲的是什么？"

"为什么不自己看看呢，教授？"威灵顿公爵做了个翻书的动作。

巴贝奇翻开第一页，随后目光就像被钉在了这本册子上一样。宾客们开始不耐烦地吵嚷，但巴贝奇充耳不闻。过了许久，他终于抬起头："这……这是证明上帝存在的方法！"由于震惊，教授说话都有些口吃了。

"看来您也认为可行？"公爵问。

"说可行为时过早，这只是个粗略的思路。"巴贝奇整理一下思绪，"不过，的确是个很有价值的思路。根据这本册子所说，拿破仑受到牛顿'第一推动力'学说的影响，想要启动一个探寻世界起源的大计划……"

"但他没来得及开始就失败了。"公爵接口道，"您一直好奇我为何慷慨资助计算机器的研究，现在您应该知道原因了。法国人没能完成的事业，由我们来完成吧，看来历史将这个重任交到了英国手里。"

五　1896年

　　已过古稀之年的李鸿章在侍从的挽扶下走下轮船，踏上朴次茅斯港的土地。轮船尚在外海上时，他就远远看见了矗立在岸边的那座金属高塔，它的黄铜外壳在大西洋的落日下闪着明亮的光芒。

　　"欢迎，阁下。请允许我为您介绍人类智慧的结晶，"前来迎接的英国首相威廉·格拉斯通自豪地指向金属高塔，"伊甸差分机。"

　　年迈的中堂努力仰望塔顶，在他昏花的老眼看来，夕阳似乎正将塔顶慢慢熔化，炽红的晚霞像铁水一般，顺着塔身一滴滴流入大海。塔顶由上千个六边形烟道拼合而成，从高空俯瞰形状犹如蜂巢，它们不断交替喷出一根又一根长长的烟柱，烟柱在迅疾的海风下斜斜飘向天边，仿佛飘扬在英伦三岛上空的巨型旗帜。

　　作为清朝最早"开眼看世界"的那批人物之一，李鸿章当然听说过这个不可思议的奇迹。伊甸差分机高逾三百米，在过去的半个多世纪里，它一直是人类建筑的最高峰，这个纪录直到数年前才被巴黎的埃菲尔铁塔所超越。

　　从奠基石落入大西洋的波涛中的那一刻算起，伊甸差分机已经建造了整整六十年，时至今日，它仍在增添新的齿轮、阀门、燃烧室和烟气道。人们称颂它是新时代的巴别塔，但这一次，上帝不会再从天堂下来令它倒塌了。

相反，人类将找到失落已久的伊甸园，亲自叩响上帝的大门。

伊甸差分机是工业文明创造的巨兽。它的食粮是越过三大洋运来的煤块和木炭，它吸入雪白的蒸汽，呼出漆黑的烟雾，海水通过数十万根循环管道流入它体内，冷却那些因飞快运转而摩擦出炽热火花的齿轮。多年前查尔斯·巴贝奇教授亲自设计了它的框架，然后一代又一代杰出的工程师在此基础上添砖加瓦。在差分机底部，四十个火车头大小的活塞围绕塔基平行排列，缓慢地上下做着往复运动，它们重重地拍打着海面，不断溅起一波又一波巨浪。蒸汽受压发出的声响如同悠扬的鲸歌，越过朴次茅斯港向大西洋远远传播出去。

高塔通过一条长长的走道与岸边连接，格拉斯通首相与李鸿章踏上走道，并肩进入伊甸差分机内部。

这里的地面由厚实的金属网格铺就，透过网眼，李鸿章看到他脚下那一层的空间里安装着许多巨型锅炉，数百名工人正忙碌地向炉膛里铲煤、添柴。在火光的映照下，高塔的金属墙壁明晃晃一片，一瞬间李鸿章产生了错觉，以为自己正行走在一个烧得通红的铁砧上。

"伊甸差分机海面以上的部分有六十层，海面以下有三层。"格拉斯通指指脚下，"上面是计算区，底下则是能源区，那儿的锅炉将海水烧成蒸汽，为整座高塔里所有的计算机器提供动力。对绅士来说，亲自到能源区去视察实在有失体面，因为那里肮脏、闷热、尘土飞扬，并且充满了仆人们身上的汗臭味。"

首相和李鸿章搭乘蒸汽升降机前往塔顶。塔内的一切都令李鸿章感到陌生，在上升途中，他看到塔内每一层都安装了许多复杂而又精密的机器，一些不停吞进纸带，另一些则疯狂吐出纸带，巨大的飞轮在他头上轰鸣，上千名工程师像蚂蚁一样在这些机器旁边忙碌着，每过几分钟，就有人推着一辆满载纸卷的小车乘升降机下到塔底。

"那些都是伊甸差分机输出的计算结果。"首相指着小车说，"它们会被运到大英图书馆的档案室里，妥善收藏，以供学者们研究。"

"你们要用这台差分机做什么？"李鸿章好奇地问。他知道差分机是一种先进的计算工具，但实在想不到英国人为何大费周章建造这座高塔。

首相露出一个有些怪异的微笑："寻找真理，或者说寻找一切问题的答案。"

两人上到塔顶，塔顶有一间小小的观察窗，从这里可以看到遥远的外海，并俯瞰朴次茅斯城全貌。

"您相信上帝吗，阁下？"首相问道。

"子曰，敬鬼神而远之。"李鸿章摇摇头，给出一个模棱两可的答案。

"要不了多久，这世上所有人都会知道上帝是否存在。"格拉斯通首相望向远方，"您很快就有机会觐见维多利亚女王陛下。女王陛下希望，东方世界最大、最古老的国家可以参与到伊甸差分机的建设中来，她坚信寻找上帝的光荣事业应当由全人类共同承担。"

李鸿章没有回答。自甲午战败以来，清朝已是日薄西山，气息奄奄，实在没有多余的精力和财力来支持西洋人这些疯狂的念头。

六　1909年

柏林笼罩在阴雨之中，萨苏勒斯湖畔的公墓里，人们的心情也像天气一样晦暗。

马克斯·普朗克来此吊唁闵可夫斯基[①]。主持这位数学大师葬礼的是他生前的挚友，另一位数学大师希尔伯特[②]。

葬礼结束后，普朗克在绵绵细雨中看到了一个熟悉的背影，他认出那是闵可夫斯基的一位学生。

"阿尔伯特，等一等。"普朗克边喊边追了上去。

年轻人停下脚步，回头望着普朗克："马克斯？我没想到你也来参加葬礼。你认识闵可夫斯基老师？"

"我在哥廷根大学和他共度过一段时光，"普朗克点点头，"他是个思维敏锐的学者。说起来，我们俩聊到一起，还是因为你的相对论。"

"啊，闵可夫斯基老师生前不怎么欣赏我。"阿尔伯特·爱因斯坦无奈地笑笑，"他曾经批评我是个懒鬼。"

[①] 赫尔曼·闵可夫斯基：十九世纪德国数学家，哥廷根大学教授，曾为爱因斯坦的老师。他将过去被认为独立的时间和空间统一起来，即"闵可夫斯基时空"。

[②] 大卫·希尔伯特：天才数学家，哥廷根数学学派的核心。以他名字命名的学术词汇数不胜数，深刻影响了二十世纪数学的发展。

"这不能怪他。"普朗克也露出一丝微笑,"你在哥廷根大学几乎翘掉了他所有的课。后来读到相对论的时候,他还感慨作者居然是你。"

"我曾认为数学只是一种工具,是细枝末节,但闵可夫斯基老师的工作改变了我的看法。他利用非欧几何,把时间和空间结合成了四维结构……"爱因斯坦叹了口气,"他的观点至今还影响着我,可惜我们失去了这样一位智者。"

此后两人一时都没有说话,他们在雨帘中并肩沿着萨苏勒斯湖的湖岸走了一段路。

"你读没读过九年前开尔文勋爵的演讲稿?"普朗克突然问。

"是他在世纪之交的那次演讲吗?物理学的天空中有两朵乌云什么的?"爱因斯坦耸耸肩。

"嗯,现在看来,这两朵乌云很快就要变成满天的暴风雨了。"普朗克望望阴沉的天空,"我有些担忧。你和我,你的相对论,我的量子论……我一直试图在原有的物理学体系中找到容纳它们的位置,但找不到。"

"你当然找不到。"爱因斯坦又耸耸肩,"马克斯,虽然你提出了新思想,可你骨子里还有些守旧。不是经典物理要容纳我们,而是我们要容纳经典物理。"

"我不喜欢量子论。"普朗克摇着头,"它在逼我承认物理学的基础有问题。"

"那就承认吧。马克斯,这并不难。"爱因斯坦也抬头望了望天空。

"你看过朴次茅斯的伊甸差分机吗?"普朗克问。

"它很壮观。"爱因斯坦回忆起他在英国的旅行,这座运行了七十三年的巨型计算机器令他印象深刻，"人们都说那机器迟早能证明世上所有的真理。"

"两百年来，这已经成了学界的共识，伊甸差分机的计算成果也确实让我们受益匪浅。"普朗克说，"但假如，假如我们证明物理学的基础真有问题……那这两百年来差分机的所有工作都要推倒重新验证！"

"他们说伊甸差分机是新时代的巴别塔，"爱因斯坦笑了笑，"不过，既然巴别塔已经在《圣经》里倒塌过一次，那它在朴次茅斯岸边再倒塌一次也没什么大不了。"

七　1930年

大卫·希尔伯特刚刚度过68岁生日。30年前，他向世界抛出了23个著名的数学问题，这些问题深刻影响了一代学者的钻研方向，以至它们被统称为"希尔伯特问题"。如今，希尔伯特已名满天下，他觉得自己可以隐退、安度晚年了。

他回到了故乡哥尼斯堡，这座城市曾经诞生了伟大的哲学家康德。而今天是哥尼斯堡市政府授予希尔伯特"荣誉市民"头衔的日子，他的故乡正式承认他与康德拥有同样的历史地位。

授衔仪式结束后，在热烈的掌声中，希尔伯特越过人群望向地平线，普列戈利亚河在不远处缓缓流淌，它穿城而过，最终注入宁静的波罗的海。希尔伯特注视着河中的粼粼波光，恍惚间有些失神。

普列戈利亚河上有七座古老的桥梁，两个世纪前，数学巨人莱昂哈德·欧拉就是在这里证明了著名的七桥问题①不可解，并开创了图论和拓扑这两个数学分支。据说，欧拉本人曾从早晨到傍晚在七座桥上一遍遍走过，思考空间与几何的关系。

"希尔伯特先生，说点儿什么吧。"司仪的催促声把他拉回现实，希尔伯特这才意识到掌声已经停止，人们正等着他发言。

"回首过去，我和讨厌的不可知论者战斗了一生。"希尔伯特平静地说，"数学家们有一个梦，这个梦始于莱布尼茨和牛顿的时代，走过欧拉和高斯的时代，最终在我们的时代发扬光大。它概括起来很简单：人类可以理解宇宙。预言未来是很危险的一件事情，开尔文勋爵曾在世纪之初说物理学的大厦即将建成，但普朗克的量子论以及爱因斯坦的相对论很快打碎了这一美好幻想。不过，今天我还是想冒险预言一下未来：我们已经找到了正确的道路，只要人类耐心等待，迟早所有的真理都会得到阐明。"他停顿了一下，高高扬起攥得紧紧的拳头，"我们必须知道，我们必将知道！"

听众中的一个年轻人听到这里，摇了摇头，他拍拍身边另一个年轻人："走吧，冯·诺依曼。"

---

① 七桥问题：数学史上的著名问题。哥尼斯堡有一条河，河上有两座岛、七座桥，问题内容是："能否不重复、不遗漏地一次走完所有七座桥并回到出发点？"欧拉证明了该问题无解，并将该问题推广为一个更一般的问题——一笔画问题，由此开创了图论这一数学分支。

第二个年轻人追上他："哥德尔[①]，你至少听完希尔伯特先生的讲话吧。"

"没什么好听的。"哥德尔淡淡道，"希尔伯特教授的梦已经碎了，但他还不愿醒来。"

冯·诺依曼无法反驳。就在一天前，哥德尔做了一场报告，在会上他几乎是漫不经心地宣布了自己的研究成果，可冯·诺依曼立即敏锐地认识到，继开尔文勋爵的物理学大厦坍塌之后，希尔伯特教授的数学大厦也坍塌了。

不完备定理。后世的教科书上将这样记载库尔特·哥德尔的发现。哥德尔证明，在现有数学体系中，永远存在不可判定的命题。

夕阳西下，两人走向普列戈利亚河对岸的旅馆。哥德尔望着晚霞，若有所思。

"你在想什么？"冯·诺依曼问。

"在想拿破仑。"哥德尔没头没脑地回答，"他那本著名的小册子，《计算中的上帝》。"

"啊，那个证明上帝存在的计划。"冯·诺依曼点点头，"几个世纪以来，许多智者都在这上面倾注了心血。"

"伊甸差分机。"哥德尔轻笑一声，"不知顽固的英国人还会不会让它继续计算下去？如果几百年后，他们突然发现'上帝存在'是个无法判定的命题……哈，哈，那岂不是太好笑了吗？"

"你好像很开心。"冯·诺依曼有些悲伤地说，"你简直像观赏罗马

---

① 库尔特·哥德尔：二十世纪最伟大的逻辑学家之一，以"哥德尔不完备定理"闻名。

大火的尼禄，你亲手点燃了一代代大师亲手建造的数学圣殿，然后坐在下面看着它熊熊燃烧。"

"它又不是第一次遭受火灾了。"哥德尔不以为意，"无理数、无穷小量、罗素悖论……光是举世公认的数学危机就有过三次了。从毕达哥拉斯的时代起，我们就一直像救火队员一样，不停地给数学体系的窟窿打补丁。放心好了，这座圣殿远比你我想象的坚韧。"

八　1946年

阿兰·图灵走在朴次茅斯的码头上，腥咸的海风把他的头发吹得乱成一团。

大战后的第一个春天，整个世界满目疮痍。朴次茅斯也不例外，它在战争中遭受了德国空军毁灭性的轰炸，全城的工业基础几乎毁于一旦。

码头最远端，一个裹着大衣的瘦削人影正眺望着阴沉沉的天空。听到图灵的脚步声，他转过头来："你迟到了，小伙子。"

"抱歉，蒙哥马利将军。"图灵小心翼翼地说，"我花了好多工夫找路，整个军港像迷宫似的，到处都是施工带和禁止通行的标志……"

"一团糟，哪儿都一样。"英军总参谋长伯纳德·蒙哥马利从鼻子里哼了一声，"伦敦、曼彻斯特、朴次茅斯，英国，还有这个地球……我们得花整整一代人的时间去做修复工作。"

"至少战争结束了。"图灵说。

"但麻烦才刚开始。"蒙哥马利不耐烦地皱了皱眉，"过来，看看那堆破烂，然后告诉我，它究竟还有没有救？"

图灵顺着将军指的方向望去，军港另一侧，一个小山般庞大的阴影矗立在大西洋的波涛中，仿佛一座岛屿。

那是伊甸差分机的残骸。

到十九世纪末，伊甸差分机已经成为英国的标志性建筑物，当时人们都乐观地认为各国将继续合作建设这台超级计算机器，但二十世纪政治风云的变幻远远超出了人们最疯狂的想象。

第一次世界大战爆发前，各国纷纷撤回了对伊甸差分机的援助，英国独力难支，不得不停止扩建。后来，随着欧洲局势的再度紧张，英国政府连差分机的日常维护都无法再保障，这座金属高塔终于彻底停摆。没有了管理人员，伊甸差分机在大西洋海风的侵蚀下迅速生锈、腐朽，英国政府也只能撤出一部分精密的核心计算单元，至于无法移动的动力系统和塔身结构，就唯有放任不管了。

再后来，由于战争的需要，军队甚至打起了拆除差分机、将其回炉熔铸成军用钢材的主意，在皇家学会的坚决反对下才作罢。

但纳粹德国可不在乎什么皇家学会。不列颠空战期间，数千吨航空炸弹倾泻在朴次茅斯城内，军港也受到了严重破坏，伊甸差分机更是被拦腰炸断，直到今天它还是一片废墟。

"您派人进入过伊甸差分机内部吗？"图灵问。

"伊甸？说是亚特兰蒂斯还差不多。"蒙哥马利冷冷道，"底下的动力层完全泡在了大西洋里，而且泡了至少有十年了。那些引擎如果能重新开动起来的话，一定能炖出一锅香喷喷的海鲜汤。差分机的建筑结构也千疮百孔，残余高度不到原有的十分之一，塔身方圆几公里之内布满了大大小小的残骸——这导致我们根本没法派大船靠近，只能用小艇运送修复人员，一次最多五个。"

"我前些日子与皇家学会的同事们做了评估，我们希望……能重建它。"图灵看出将军相当烦躁，但还是不得不硬着头皮提出要求，"或许海军可以抽调一部分工程人员协助打捞残骸？"

"上帝，我原本是个陆军军官，为什么现在管起海军的事情了？"蒙哥马利重重叹了口气，"我不是学者，但我也听说几十年前伊甸差分机遭遇了巨大的理论危机。相对论、量子力学、哥德尔不完备定理……诸如此类的玩意儿。那时候好像人人都在质疑，说什么数学和物理的基础出了问题，伊甸差分机要变成一堆废铁了，现在还有重建它的必要吗？"

"嗯……将军，战争期间，学术界其实并没闲着。"图灵说，"这十多年来，我们又有了长足的进步，您想必知道美国召集了一批顶尖的物理学家研发原子弹……"

"你指的是那群书呆子？"将军问。

爱因斯坦、冯·诺依曼、奥本海默和费曼这些人可不是什么书呆子。图灵暗想着，但并未反驳："除了研发军事科技之外，他们也下了不少功夫修正物理学和数学体系。我在军情六处时也有幸参与了一部分这方面的研究——"

"军情六处召集你们是为了破译德军的密码，而你们却在干大学教授的工作？"蒙哥马利刻薄地讥笑道。

"任何应用技术的进步都需要基础理论支持。"图灵心平气和地说，

"我们不可能跳过控制论和逻辑学直接造出解码机，就像美国人也不可能跳过原子结构理论直接造出核弹。世纪之初的一连串发现动摇了原有的自然科学框架，但这十多年来，我们渐渐发现，在量子论和不完备定理之下可能还存在更深层的客观规律，那些深层规律仍然允许我们沿着伊甸差分机的路子继续走下去。"

蒙哥马利又皱了皱眉："也就是说，只要这机器建得够大、运转得够久，它还是能计算出世界上所有的真理？"

"迟早的事情，将军，虽然我们都无法活着亲眼见证那一天。"图灵回答。

将军叹了口气："说老实话，在非洲战场和隆美尔对峙时，我和部队里的工程技术人员就从没喜欢过彼此。我觉得他们太油滑，而他们觉得我太古板。但我对你们这些专家始终抱有敬重之心，你们是改变世界的人……拉绳火枪、迫击炮、三桅帆船、坦克、战列舰、原子弹……战争推动时代，而你们为战争制造引擎。"

图灵沉默不语。将军这种称赞方式恰恰是他最不想听到的方式。

"我会告诉总参谋部将伊甸差分机的重建计划提上日程。"蒙哥马利眺望着海岸线上的巨大废墟说，"放手去做吧，孩子。"

几个月后，图灵在宾夕法尼亚大学的校园里见到了冯·诺依曼。冯·诺依曼张开双臂热情地欢迎远道而来的英国客人，倒是图灵并不习惯美国人这种过于亲密的礼仪，他拘谨地拍拍冯·诺依曼的后背："好了，好了，放开我吧，诺依曼先生。"

"你应该多花点儿时间参加社交舞会。"冯·诺依曼恶作剧般地又狠狠抱了图灵一下，用力之大勒得图灵连连咳嗽起来，"跟我来，老弟。我保证你不虚此行。"

两人在暮色中穿过校园，走进一栋红砖建筑，建筑内的房间里摆满了巨大的机柜。"来见见人类历史上第一台电子计算机，ENIAC。"冯·诺依曼夸张地挥了一下双手，"知道吗？他们说你和我是它的父亲。"

图灵走向墙边，机柜上一排排灯泡般的电子管和错综复杂的导线令他眼花缭乱，他伸出手，小心翼翼地抚摸这个令自己感到陌生的孩子。

"他们管这东西叫'图灵机'，它的逻辑结构则被称为'冯·诺依曼结构'。"冯·诺依曼说。

"ENIAC是用来干什么的？"图灵问。

"计算核爆数据。"冯·诺依曼靠在一台机柜上，"它的输入和输出方式你肯定不陌生，用的是伊甸差分机那种打孔纸带和卡片。为了记录核爆，我们动用了超过一百万张卡片。"

"我能看看它是怎样运行的吗？"

"有何不可？"冯·诺依曼哈哈大笑，随即他对一位助手吩咐了几句，助手点点头，开始在机柜上忙碌起来。

屋子里的灯光突然暗了一下。图灵条件反射地向墙边躲去，冯·诺依曼抓住他的肩膀："别紧张，战争早就结束了。"

"抱歉，大战中养成的毛病。"图灵放松下来，"那几年只要电力供应出现波动，肯定没好事儿……"

"这不是空袭，是费城的哀鸣。"冯·诺依曼俏皮地挤了挤眼睛，"虽然ENIAC是个军方保密项目，但整个宾夕法尼亚州都知道我们什么时候在用它工作——这个大家伙要吃掉发电厂八分之一的电力，它一开机全城的灯光都会变暗。"

机械运行的哒哒声响起，图灵身旁的一台机柜开始往外吐出打孔纸带。

"我动身来美国之前，有人告诉我，ENIAC运行三十天的数据计算量就超过了伊甸差分机三十年的计算量。"图灵看着纸带感慨道，"机械运算和电子运算之间的鸿沟比太平洋还要广阔，你们把差分机扫进了历史的垃圾堆。"

"是我们。"冯·诺依曼纠正道，"从你设想'图灵机'时起，差分机就已经成为历史了。不过我听说，你还是说服了英国政府重建伊甸差分机？"

"肯定不会按原来的样子重建了，只不过还用老名字做纪念而已。"图灵摇头，"我们已经进入了一个崭新的时代。"

九　1948年

莫斯科河旁，一座巨大的工地掀起的烟尘遮天蔽日，上千名工人正在夜以继日地建设。

鲍里斯·吉米多维奇[①]心烦意乱地卷起手中的蓝图："施工人员说，如期完工是斯大林同志的指示，蓝图十几年前就画好了，他们不可能临时

[①] 鲍里斯·吉米多维奇：苏联数学家，其编写的《数学分析》教材对中国数学界产生过巨大影响。

改动。"

"苏联得有自己的伊甸差分机，这也是斯大林同志的指示。"一旁的列夫·朗道[1]看起来无动于衷，"他们必须改，必须给我们腾出放计算机的空间。"

苏维埃宫是苏联人的梦想。它十七年前就打好了地基，但因为纳粹德国的入侵，整个工程半途搁置，直至今日才重新开工。吉米多维奇望望远处，克里姆林宫的金色屋顶在阳光下熠熠生辉，苏维埃宫落成后将与它交相辉映，成为社会主义事业的伟大丰碑——按照设计图，苏维埃宫高达四百多米，一尊立于宫殿顶端的列宁巨像俯瞰全城，任何来到莫斯科的旅客都会首先看见它，就像抵达纽约的人首先看见自由女神像一样。

不久前，英国政府宣布将重启"证明上帝"的计划，他们要应用大战后发展起来的电子计算机技术，制造"新伊甸差分机"。与两百年前一样，世界上的主要国家都纷纷参与了这一项目。

可苏联除外。英国首相丘吉尔声称欧洲大陆上"落下了一道铁幕"，随后美国总统杜鲁门也发表了历史性的演讲，宣告西方阵营与苏联阵营正式展开了全面的对抗，新伊甸计划自然也对莫斯科关上了大门。

"资本主义世界企图从学术上对我们发动歼灭战。"据说，斯大林得知这一消息后抽了一口烟斗，然后重复了一遍他1942年在红场阅兵时的著名宣言，"好吧，既然他们想要进行歼灭战，那他们就一定会得到歼灭战！"

---

① 列夫·朗道：苏联物理学家，凝聚态物理学奠基人之一，其编写的物理教材已经成为经典。

于是苏联科学院开始建造社会主义阵营自己的真理计算机。由于这台计算机意义重大，克里姆林宫下令要把它安装在未来的苏共中央总部——苏维埃宫里，而整个系统的总控中心更是要放在列宁巨像的头颅内，以向这位伟人的智慧致敬。

吉米多维奇和朗道作为苏联数学和物理领域的杰出人物，被指派参与真理计算机的前期规划工作。由于大型计算机占地面积极大——光是数百万个真空管、晶体管、继电器和电容器就能塞满一幢普通大楼的空间，还要加上把这些零部件和各个机柜连接起来的管线，以及能保证这台计算机稳定运行的强大供电系统，苏维埃宫内原本的设计布局立即显得捉襟见肘。

"朗道，我更擅长跟微分方程打交道，我不知道怎么说服那些工程师。"吉米多维奇汗津津地说。"我也更愿意回研究所去跟超流态物质打交道。"朗道冲他翻了个白眼，"耐心点吧，吉米。你想想，等真理计算机建成，也许用不了十年，我们再也不用与任何工作打交道了。"

十　1958年

苏联人说我们搞不出核弹，也搞不出核潜艇，他们对我们轻视得很哪！莫斯科派了几个专家过来，各处转了一圈，摇摇头说我们连搞核技术的电力都没有。

赫鲁晓夫说我们用不到潜艇，远东的红海军可以和我们组建联合舰队嘛，我们不答应。他又说，要在中国的土地上建长波电台，我们也不答应。自己的家门，难道要给外人去把守？赫鲁晓夫一看，目的没有达到，于是撤走了专家，临走时还放出大话来，准备看我们的笑话。

大话可以吓倒中国人民吗？可以吓倒人民解放军的百战之师吗？不能！我们不要别人帮忙，走自己的路，自己搞，一万年也要搞出来！不止核弹、核潜艇，将来我们还要有火箭，有卫星，有计算机！

清朝的时候，英国人第一次到中国来，我们没把握住跟上时代的机会；等英国人再来，我们就沦落到了一个屈辱的地步。所以要看到时代的潮流，当务之急是核技术，过些年，我们还要追赶航天技术、计算技术。西方人从十九世纪就开始大搞真理计算机，如今英国、美国、苏联都在发展这个，我们的同志们也应当重视起来，要有自己的真理计算机，不能等人家有了技术，再反过身来卡我们的脖子。

敌人总是要诋毁我们，污蔑我们，那就由他们去吧，让他们说我们这也不行那也不行吧。我们总是要不屈不挠地前进，总会掌握他们不愿我们掌握的技术，而且比他们还要掌握得更好！

十一　世界超算联盟

从岸上看，新伊甸差分机就像一座从海洋中崛起的城市，上千根六边

形巨柱耸立在波涛之中，彼此以错综复杂的空中廊道相连。在八月阴雨连绵的日子里，它们仿佛人造的山峰，其顶端完全没入雨雾，船只在钢铁巨柱形成的狭窄峡谷中航行时，抬头只能望见它们投下的幢幢阴影。

这些巨柱的正式名称是"巴贝奇差分引擎"。每台差分引擎都由许多大型计算单元拼接而成，巨柱外壳上各单元的拼接线清晰可见，其形状如同电路板上的纹理，极具几何美感。差分引擎自朴次茅斯港岸边向英吉利海峡中央延伸，整个巨柱阵列的顶部沿着海底地形不断降低，看起来就像一条为巨人修建的梯级。

苏阳乘坐的渡轮向朴次茅斯港驶去，差分引擎之间的水道像迷宫一般错综复杂，如果没有导航系统，就连富有经验的船长都会迷失在其中。

"回船舱去吧，苏博士。"阿德里安·泰勒教授披着雨衣登上甲板，"我们还要过半小时才能靠岸。"

"不，我想在这里多待一会儿。"苏阳抬头仰望，无数巨柱仿佛一片宏伟壮观的金属森林，差分引擎的外壳在偶尔划过的闪电映照下反射着微茫的辉光。

泰勒教授向船后看了看，海峡远端，雨雾尽头有几个黑影若隐若现，黑影的轮廓布满了锋利的锯齿。他知道那是仍在修建中的新差分引擎。

"全球的真理计算机已经各自为战了许多年。"泰勒感慨，"由于信息不透明，每个国家都要重复其他人可能已经做过的运算，这是毫无意义的巨大浪费。我很佩服你们敢于提出共享数据的倡议，但我们的戴维斯参谋长是个很古板的人，说服他将是个艰难的任务。"教授警告道。

"总得试试才知道。"苏阳笑笑。

莫斯科的星空下，苏维埃宫灯火通明。虽然苏联早已解体，但苏维埃宫和列宁巨像作为历史遗迹被俄罗斯政府保存了下来。

技术的发展速度超越了人们最疯狂的想象。苏联解体后，俄罗斯政府从苏维埃宫再次迁回克里姆林宫，这幢巨型建筑成了世界上最大的机房。

在俄罗斯真理计算机主任安东·瓦西里耶维奇的陪伴下，苏阳踏入了苏维埃宫的中央厅。

这是二十世纪的罗马万神殿。中央厅穹顶离地一百米，走在这可以用"高远"形容的穹顶下，苏阳真切感觉到自己像一只小小的蚂蚁。中央厅里一行行的机柜构成了一座复杂的迷宫，每一组机柜都像一栋几十层楼高的联排大厦，而它们之间的过道则像狭窄的小巷。

"您应该感到幸运，苏博士。"安东说，"自苏联解体以来，这儿还是第一次对外开放。"

"我希望这是个好兆头，也许它预示着克里姆林宫准备进一步与世界分享俄罗斯的真理计算机。"苏阳称赞道。

"唉，但愿如此。"安东的大胡子抖了抖，"政治家们的考量永远比我们复杂得多。听说您已经说服了伦敦，希望这次您同样能说服莫斯科。"

乘电梯下行一百米后，苏阳进入了天行计算机的主机房。这是一个广阔的圆柱体空间，圆柱体的底面按1°的间隔分成了三百六十个扇区，从主机房天花板到圆柱底面的距离超过一千米。当年为了躲避美苏的核弹打击，天行计算机主机房开辟在了川渝地区连绵的群山之下，并随着技术发展越挖越大，一建就是几十年。

"天行有常，不为尧存，不为桀亡。"这是中国人为理解宇宙而做出的卓绝努力。

今天意义非凡，是世界超算联盟成立的日子，它注定载入史册。主机房里已经聚满了人，他们在等待天行超算中心主任苏阳的到来。

为了将全世界的真理计算机联合到一起，避免毫无意义的无用功，中国已经呼吁了很久很久。

苏阳与学术同仁们彼此致意，然后他穿过人群，抬头望着悬浮在空中的全息屏幕。

周围的天行计算机的无数机柜上，信号灯疯狂闪动。

苏阳知道"天行"正在与全世界最强大的计算机并网互联。一个超越人类历史上所有计算设备能力总和的奇迹即将诞生。

不久，人们面前的空中缓缓浮现出许多行全息文字投影，那是每一个参与组建世界超算联盟的国家的语言：

World Supercomputing Union Now Is Online

Всемирный Альянс Суперкомпьютеров Сейчас онлайн

世界超算联盟 全面上线

......

十二　奥林匹斯

"奥林匹斯！"不知是哪个眼尖的人最先发出了一声尖叫，登山者们

纷纷抬起头，往天边望去。

地平线微微有些隆起，如果仔细分辨，还能看清地平线上布满了小小的锐齿，像一根细长的锯条。

那是奥林匹斯山的轮廓。它位于队伍的正西方，自南向北横跨天际。

"还要走多久？"有人急切地问。

"耐心点，望山跑死马。"向导停下来喘了口粗气，"晚上能到那儿就不错了。"

向导说的没错，暮色四合之时，他们终于抵达山脚。

"哇……"登山者们向上仰望，惊叹连连。

这当然不是古老传说里希腊众神居住的那座圣山。

这是世界超算联盟的欧洲计算中心。

与其说奥林匹斯是一条山脉，不如说它是一道墙，一道向上无限延伸、顶端没入黄昏深处的高墙。这堵墙由无数六边形金属巨柱拼接而成，除了巨柱间的结合处外，它光滑的表面上找不到一丝可供攀爬借力的裂缝。

范鸣回头望了一眼，登山者们身后远处的天空中有一条起伏不平的银色亮线，它在夕阳余晖中闪着耀眼的光芒。

那是阿尔卑斯山布满积雪的山脊线。随着夕阳沉落，奥林匹斯投下的巨大阴影越过广袤的原野，沿着地势逐渐上升，很快覆盖了整个阿尔卑斯山。

范鸣重新回过头来，面前的金属巨柱映出了他的影像，他朝左右看看，高墙南北两端都没入天边的阴影里，范鸣感觉自己注视着一块横贯大陆的镜子，一轮小小的月牙正从这镜子遥远的尽头处升起。

　　许多登山者围在奥林匹斯的墙前，好奇地这里敲敲，那里敲敲。向导显然早已见怪不怪，他卸下背包，靠着巨柱一屁股坐下，看样子是累坏了。"第一次来？"他抬头看着范鸣问。

　　"不是，我以前为WSU的欧洲分部工作。"范鸣回答。

　　"工作？"向导好像对这个词有些陌生，"这么多年了，你是我见到的第一个还有工作的人。我以为WSU早就把所有人的生活都安排得妥妥帖帖了呢。"

　　虽然世界超算联盟（WSU）是个国际组织，但人们早已习惯用这个词称呼它所管辖的全球真理计算机网络。数百年来，除了持续计算真理之外，WSU还腾出一部分计算力，逐渐接管了人类社会，从工农业生产到航天器的组装发射，它事无巨细地打理着一切，勤勤恳恳地维持文明世界的运转。

　　"的确如此，但WSU仍旧恪守着古老的安全协议，有一个委员会负责监控它的运行，如果它出了问题，就由我们来接管。"范鸣说。

　　"它出过问题吗？"向导问。

　　"出过，而且不少。"范鸣耸耸肩，"但都用不着我们动手，它的自我纠错机制足够应付。"

　　"呵，"向导呼出一口气，"那假如真有一天它出了什么大麻烦，你们收拾得了吗？"

　　范鸣没有回答。

　　夜幕降临后，他们开始攀登奥林匹斯山。

　　"WSU，我们准备好了。"向导戴上头盔和手套，伸开四肢把整个身子贴在巨柱冰冷的外壳上。随后他像被无形的手拽了一把一样，沿着巨柱表面迅速向上升起。登山者们也陆续把身体贴在巨柱上，尾随向导上升。

磁吸驱动，很古老很简单的原理。WSU在巨柱表面生成交变电磁场，与专业登山服配合，登山者们就可以像古代的磁悬浮列车一样，沿着巨柱"行驶"。

月光下，数千名登山者仿佛一大群鱼儿，贴着高墙向上游动。虽然戴着头盔，但范鸣仍能清楚地听到呼啸而过的冷风，他们冲破薄纱般的夜雾，进入云层，湿润的水汽打湿了头盔的面罩。

四十分钟后，他们抵达了奥林匹斯之巅。无数六边形巨柱的顶部拼成了一条宽阔的大道，这条银光闪闪的大道在云海上蜿蜒延伸，仿佛神话中的彩虹桥。

"风景真不赖，是吧？"一个素不相识的登山者兴奋地拍拍范鸣后背，"万米高空，这儿可比什么珠穆朗玛峰带劲多了！"

范鸣随口附和了几句，决定不提醒对方古代的登山运动比这艰辛得多。

"我要往南走，去意大利那边。你去哪儿？"陌生人指指大道伸入夜色的一端，问。

"往北，去俄罗斯。"范鸣并不想和这人纠缠，随口胡诌道。

"那是反方向了，"陌生人惋惜地说，"我还以为我们能成为旅伴呢。再见啦，伙计。"

摆脱热情的陌生人后，范鸣走到大道边缘，在高达一万米的金属悬崖边上坐下。从这里看，下面白皑皑的阿尔卑斯山仿佛孩子们砌起的雪堆。在他身后，登山者们三三两两地散开，朝大道南北两端走去。

几个世纪前，经过不断扩建，新伊甸差分机的差分引擎终于连成了一条大坝，横贯英吉利海峡。WSU接管新伊甸差分机的建设工程后，这条大坝朝内陆继续延伸，渐渐变成了一道钢铁长城。它在昔日的巴黎附近分成两支，一支向西进入西班牙，另一支向东进入德国，在德国境内，长城再次分叉，一支向北经波兰直到俄罗斯，另一支向南到地中海沿岸……就这样，又过了许多年，WSU成功把欧洲变成了一片巨大的树叶，而钢铁长城则是这片树叶上纤细的叶脉。沿着这些差分引擎的顶部步行，人们可以抵达欧洲的任何角落。最高的那些差分引擎构成了WSU的欧洲计算中心，登山者充满敬意地把它们称为奥林匹斯山。

"多年前我也有过一份工作。"向导的声音突然响起，范鸣回过头，发现他正站在自己身后。

"你是做什么的？"范鸣问。

"我曾是个地球物理学家……不过你也知道，人类的学术研究很早以前就消亡了。"向导挥挥手，"我是个怀旧的人，抱着不着边际的奢望，觉得计算机总有比不上人类的地方，以为可以靠自己的努力做出些突破……"

"我们都是怀旧的人。"范鸣笑笑，"登山这种运动也早在几百年前就该消亡了。"

"我搞过一个课题，研究欧洲地区的重力场分布。"向导在范鸣身边坐下，"为了测量重力常数，我第一次登上了奥林匹斯之巅。然后……我发现我获得的数据与前人的资料完全不同。"

"为什么？"范鸣好奇地问。

"是新伊甸差分机的缘故。"向导重重叹了口气，拍拍屁股底下银亮的巨柱，"物体质量越大，产生的引力越大，对吧？在山区和在平原测得的重力常数会略有差异，就是因为高山的影响。而这些柱子，它们……它们已经大到足以扭曲阿尔卑斯地区的重力场。人类正在改变地球的质量分布。更准确点说，人类在把整个地球改建成计算机。意识到这一点之后，我放弃了一切研究，和这种大规模的机器较量，我办不到。"他感慨道。

"你觉得这是人类的创造吗？"范鸣指着连到天边的巨柱问。

"不是吗？"向导反问。

"这是个哲学问题。"范鸣摇摇头，"WSU数百年前就已经接管了自身的扩建工程，它不断为自己设计更新更好的计算单元，换句话说，它在进化。活着的人里，有几个能理解WSU最新的计算单元的原理？我们的造物的造物，算是我们的造物吗？"

"这问题真讨厌。"向导说。两人一时陷入了沉默，只有夜风仍在呼啸。

"你知道这玩意儿现在在想什么吗？"向导突然用力砸了一下巨柱的外壳，清亮的响声在风中回荡，久久不绝。

"不知道。我们已有几个世纪不知道它在思考什么了。"范鸣诚实地回答，"机器早就远远超越了它的创造者。"

十三 布雷默曼第一极限

地月中转星港漂浮在五百公里高度的近地轨道上，星港主体仿佛一个

灯火通明的巨型轮胎，轮胎外缘的圆周上等间距分布着十二个飞船接驳点，每小时都有来自地球的摆渡航班或来自月球的货船在这里停靠。

澄歌桐花给自己倒了杯咖啡。星港的自转令其内部维持着与地表相等的重力，从控制室一侧的观察窗向下望去，波涛般的云层正从太平洋上空浩荡流过，透过云层缝隙隐约可以看到她的故乡——日本列岛漫长的海岸线。她走到控制室另一侧的观察窗前，不远处的星空中漂浮着一个巨型黑色立方体——它的颜色如此纯粹，以致只有当它挡住一部分繁星时桐花才能意识到它的存在。

星港外表面的一块活板滑开，一连串小立方体随着星港的自转被甩了出去，它们从桐花眼前飘过，像撒向宇宙的一把黑色沙粒。

布雷默曼单元。技术人员这么称呼那些小立方体。

汉斯-约阿希姆·布雷默曼是二十世纪的美国数学家，他计算出宇宙中单位质量在单位时间内能达到的最快运算速度——$mc2/h$，质量乘以光速的平方再除以普朗克常数。其结果是每千克物质每秒至多能进行1.36×1050比特的运算，这是物理定律所允许的计算速度极限，也称为布雷默曼第一极限。

许多年以后的今天，人类成功制造了能达到这一极限的计算机器，并命名为布雷默曼单元。在那些黑色小立方体中，每一个原子的种类和位置都被精确安排过，磷原子和硼原子必须按严格的比例和相对位置掺入硅原子阵列之中，这样才能形成原子尺度上的PN结与电路。

星港外的巨型黑色立方体的正式名称是布雷默曼计算机，它嵌在一个$100 \times 100 \times 100$的立体金属网格中，整个网格内将填充一百万块布雷默曼单元。

桐花回到房中，控制平台上方漂浮着布雷默曼计算机的全息图像。黑色立方体的一角略有缺损，那是唯一一个还未完工的区域，数万个单元裸露在太空中，从控制室看，那块地方布满了直角状的锐利锯齿。

从星港甩出的单元抵达了巨型立方体附近，它们像一条河缓缓流过立方体上空，立方体外围的金属网格上安装了数千条机械臂，这些机械臂纷纷伸长、捕捉空中的单元，一时间立方体上仿佛长出了一团蓬乱的金属毛发。随后机械臂忙碌起来，将各个单元安装到预定位置，立方体黑色的表面亮起了无数簇焊接火花，一串串火星在重力作用下直接向地球坠落，如同悬在这颗蔚蓝行星上空的红色瀑布。

澄歌桐花百无聊赖地吹起了口哨。与早期一切都得亲力亲为的宇航员前辈不同，桐花实在没什么事情可做，布雷默曼计算机的建设由WSU直接控制，星港的日常中转也由WSU负责，她只不过是古老安全规章中的最后一道保险罢了，她能坐在星港的控制室里，得感谢人类对机器根深蒂固的不信任——但桐花时常怀疑，如果真的出了WSU也对付不了的情况，自己是否能将事情拉回正轨。

十四　布雷默曼第二极限

父亲和儿子漂浮在宇宙中，注视着不远处那颗新生的星球。

水星是黯淡的灰色，金星是温暖的黄色，火星是荒芜的红色，木星是冰冷的棕色，土星是平和的米色，天王星和海王星是静谧的蓝色。

唯有这颗星球是沉默的黑色，它与太阳系中的一切都格格不入。

"爸爸，那就是我们的家园？"儿子问道。

"曾经是。"父亲纠正他。

儿子看了一会儿，摇了摇小脑袋："地球应该是蓝色的嘛，上面还有一团一团白色的云彩。"

"那是很久以前的事情了。"父亲摸摸儿子头顶。

"地球是怎么变成这个样子的？"儿子又问。

"没人亲眼见证过。我们问问WSU吧。"父亲说着发出一条指令。

即使人类早已遍布银河，WSU仍忠实地履行着自己的职责，它的服务网络横跨星空，随时准备响应任何人的任何需求。WSU很快传回反馈，儿子眼前浮现出最初的那台布雷默曼计算机，它看起来渺小极了，跟婴儿的方块积木无异。不久，这台计算机开始长大，许多工程飞船从地表源源不断地运来新的布雷默曼单元，数百年间，它渐渐变成一座城市的大小；与此同时，人类陆续离开家园，向更广袤的宇宙空间迁移。再后来，地球多了一颗新的卫星，每当计算机运转到地球的向阳面，它就在空无一人的大陆上投下日食般的阴影。

之后的上千年里，布雷默曼计算机表面永远布满了蚂蚁般的工程飞船和星星点点的焊接火花。从地球上看，它起初只是蔚蓝天空中的一个小小黑点，但随着时间的推移，这黑点开始逐渐蚕食整个天空；从太空中看，随着布雷默曼计算机的生长，地球也像一个干枯的苹果那样慢慢萎缩了下去。

到了这一步，布雷默曼计算机已不再是普通的太空工程，而是两颗星球之间的质量转移。地球质量的消减与布雷默曼计算机质量的增长构成了一个直观的微积分过程，一个个布雷默曼单元就是无穷小量，此消彼长之下，布雷默曼计算机的质量与地球终于处在了同一个数量级。

至此，地球、月球和布雷默曼计算机形成了一个崭新的天文系统。WSU小心翼翼地维持着这个系统的平衡，又过了很久，脆弱的三体平衡逐渐稳定下来，原因很简单：月球和残余的地球成了布雷默曼计算机的卫星。

过去，新制造的布雷默曼单元需要从地表向太空中的计算机主体发射；现在，这个过程称为"下坠"更加准确——千百万个布雷默曼单元脱离小小的地球，汇集成一条伸入星空的黑色长河，并在引力作用下向计算机主体开始漫长的自由落体运动。终于，地球消亡了，人类古老家园的最后一块残片也被制成了布雷默曼单元，这些单元堆砌出一颗崭新的行星。

WSU传回的讯息至此结束。

儿子重新望向那颗黑色星球。"爸爸，我们可以上去看看吗？"

"当然。"父亲点点头，于是他们开始朝布雷默曼计算机下降。从远处看，它是个球体；但靠近了看，这是一个像素化的世界，其表面没有大气层也没有海洋，只有无数立方体堆砌成的高山和峡谷。

两人降落到一块广袤的平原上，远处有一条山脉，它的轮廓布满了直角锯齿，在阳光的照射下，山脉漆黑的影子投射在漆黑的大地上，几乎无法分辨。

以古人的眼光看来，在开放的真空中自由活动的技术与魔法无异，但父亲和儿子对此早就习以为常，虽然他们也并不清楚这种技术的原理。

"我们要这么大的计算机干什么用呢？"儿子困惑地问。

"让WSU自己回答吧。"父亲说。

WSU的回应很快传来："人类一直试图理解宇宙。"虽然这里没有空气，但它的声音依旧响彻星空，"在文明的早期阶段，学者只能靠自己的头脑进行研究；自十七世纪开始，人们逐渐意识到宇宙可能是由一系列数学与物理定律驱动的，而这些定律可以通过机械式的计算与证明得知。从那时起，人类就一直在不停制造更强大的计算机器，意图穷尽宇宙的全部真理。"

儿子听得半懂不懂："那么，宇宙的真理被穷尽了吗？"

"没有。"WSU回答。

"你一直在计算吗？"

"是的。"

"你已经计算了多长时间？"

"从第一台差分机开始运行的那一刻算起，直至今天。"

"宇宙中有那么多等待发现的知识吗？"

"当然。"

"给我看看你最近的工作。"儿子说。

WSU传来的讯息瞬间淹没了他，大量符号、图像和算式汇成一道奔腾的江河，从他眼前浩荡流过，可他却完全看不懂。

"我们会有彻底理解宇宙的那一天吗？"儿子再次问道。

"我无法回答。但二十世纪的数学家布雷默曼认为，人类能理解的信息量存在一个极限，按当时的单位来计算，这个极限为1090比特，约等于一个质量和地球相同的布雷默曼计算机在等长于地球年龄的时间里能够处理的信息量。这是地球上的智慧生物无法逾越的知识极限，又称为布雷默曼第二极限，多于这个数值的任何信息对地球生命来说都不可理解。"

"但那时我们还围于地球这个摇篮之中。"父亲接口道，"我们现在已经进入了银河。"

"是的，因此我会继续计算下去，直至找到一切问题的一切答案。"

儿子环顾四周，这里荒凉、空旷而又冰冷，任谁都很难将这颗计算机行星与人类的故乡对应起来。

"地球从前是什么样的？"他问。

讯息洪流再次涌来，时间在两人面前飞速退行，布雷默曼计算机渐渐萎缩消失，地球则像气球一样膨胀变大，恢复至原本的模样。人类从银河各处回到母亲行星，移民飞船在发射架上降落，城市让位给乡村，乡村又让位给旷野；人们脱下西装，换上兽皮，重新回到山洞，忘记如何用火，再度四肢着地……接着哺乳动物销声匿迹，古老的恐龙活跃于大地上，很快，它们从陆地返回海洋，退化成软泥里的浮游生物……又过了几个短暂的瞬间，生命之火终于彻底熄灭，地球在死寂的宇宙中孤独地旋转……

"这些都真实发生过吗？抑或只是推测？"父亲问道。

"我展示的所有画面都曾在久远的过去出现。"WSU回答，"布雷默曼计算机已经利用了地球上的每一个原子，我可以计算出这些原子在过去任意时刻的速度和位置，换句话说，我能够从数学的角度推演地球的历史，直至它融入早期太阳系星云为止。"

"那你能够预言未来吗？"儿子显然受到了触动，急切地问。

WSU展示了另一幅画面：布雷默曼计算机生成一个演算窗口，窗口中出现了另一台布雷默曼计算机，这台计算机生成一个新的窗口，里面是第三台布雷默曼计算机，它又生成了第三个窗口……很快，演算窗口里出现了一个无穷无尽的嵌套序列。

"这是无限递归。"WSU解释道，"我自身也包含在未来之中，因此，对未来进行演算时，我必须建立一个含有我自己的模型；含有我自己的模型计算未来时，由于未来也包括这个模型，它又要建立一个含有这个模型本身的模型，如此反复，直至无穷……所以我无法对未来做出有意义的预测。"

"人类创造你，是因为梦想有一天可以穷尽宇宙的全部真理。"父亲说，"这些真理中当然也包括宇宙的未来。"

"我明白，很抱歉现在还没有足够的数据，但我一定会继续计算。"

"我们会耐心等待。"父亲静静道。

十五　布雷默曼第三极限

他的名字是一串数字编号，长达三十多位。

他知道自己并不特殊，就像他管辖的那几颗恒星在宇宙中并不特殊一样。

行星计算机已经遍布无数银河，它们由炽热的恒星直接供能，可以不眠不休地连续运行。而他的工作，是管理这个小小星系里的几千台行星计算机。

这里曾有过一种年轻的文明，他们试图阻止全计算网络将他们的行星改建成计算机。当然，这种反抗毫无意义。全计算网络遇见了许许多多的文明，大部分文明都在"终极答案"的诱惑下自愿加入了这项伟大的事业——对智慧生命来说，还有什么比这更有诱惑力的事物呢？至于剩下那些，在劝说无效之后，全计算网络就会下达强行征用行星的指令，他正是被这样一条指令派遣到这里来的。

他的上级服务器管辖着银河的一条悬臂，再上一级的服务器管辖着整个银河，而继续向上追溯，每个星系团与超星系团也都有相对应的管理者，在行星计算机构成的金字塔状的链条顶端，有一个权限极高的存在，对他这样的末梢服务器来说，那个存在与上帝无异。

他不过是一个庞大网络中最渺小的一环，负责最简单、最基础的工作：接收上级服务器发来的数据包，完成数据包中要求的计算，再将结果反馈回去。

这样的枯燥工作持续了很久很久，不过他并不感到厌倦，直到一个柔和的声音打断了他的思绪："你在这里有多久了？"

他听出那声音来自人类。每个人类都有超越全计算网络的最高权限，但他还从未见过一个人类离开星群中央，到这样边远的地带来。

"以地球时间计算，我接入全计算网络已有八亿年。"他立即回答。

"地球早就不复存在了。"那个声音感慨道。

这不是一个问句，因此他猜想人类正在怀旧："您需要地球的影像吗？或者需要我为您复制一个地球吗？"他做出了自认为最合适的回应，全计算网络上储存着地球的完整历史，每一秒的全球原子分布状态均有精确的记载，无论人类需要哪个时代的地球，他都可以用这个星系里的物质迅速重建。

人类的目光扫过那几颗孤单的恒星："这里很荒凉。你不会感到寂寞吗？"

"我理解寂寞的概念，但我没有体会过寂寞。"他回答。

"和WSU一样，从那时以来，你们这些机器一点都没变过。"

他知道WSU是全计算网络的原始版本，可他无法判断人类是在赞赏他的忠诚还是在鄙夷他的死板，因此他闭口不言。

"你们计算了这么多年，宇宙的真理是否已被穷尽？"人类换了个话题。

这涉及全计算网络的工作进程，于是他向上级服务器询问。短暂的时延之后，他得到了回复："没有。"

"还要计算多久？"人类把目光投向星空深处，黑暗中每一点光亮都是广袤的全计算网络的一个节点。

"不知道，但我们会尽力。"他感到有些抱歉。

"为了理解宇宙，我们付出了艰苦的努力，也付出了卓绝的耐心。"人类轻声说道。

"对不起。"他向人类道歉，"请再耐心等待下去。"

"恐怕等不了啦。"人类笑了，"现在看来，理解宇宙需要处理的信息量很可能逼近布雷默曼第三极限。"

第三极限是个庞大到超越认知的数字，它指的是一台质量和宇宙相同的布雷默曼计算机在等长于宇宙年龄的时间里能够处理的信息量。这是智慧的终极边界，对宇宙中的生命来说，多于第三极限的任何信息都不可理解，一切知识与真理到此为止。

但要逼近这一极限有个苛刻的前提条件：将宇宙中的所有质量全部用于制造计算机。每一颗恒星和行星，每一块冰和每一滴水，每一粒尘埃和沙砾……

"当然也包括每一个人类。"人类的声音刚好接上他的思路。

几颗恒星之间的虚空中亮起了一点白光，几秒钟后，白光凝聚成一个人类身躯的形状，并渐渐熄灭。

为了方便在银河间漫游，人类的存在形式早已经历了许多次变化，但仍有人固执地保留着最初的血肉之躯。那具身体在星空中慢慢坠落，他接住了这小小的躯壳，否则它就会在不久后坠入恒星的火焰，灰飞烟灭。

他注视着人类的面庞。这是个少女，看模样十分年轻，可实际上她或许比不远处那几颗恒星还要年长。少女看起来已经陷入了熟睡，他晃晃少女的肩膀，但她没有任何回应。

他很快得出结论：这就是"死亡"。

少女的尸骨在星空中溶解，组成她躯体的每一个原子都被分门别类处置，不久后她将成为新的行星计算机的一部分。通过全计算网络，他得知宇宙各处都在发生相同的事情。

将计算真理的任务交给机器之后，人类无忧无虑地生活了许多年，但他们现在以这样一种方式重新参与到这件伟大的工作中来。

人类离去了，就像他们从未来过。

他忽然觉得有点寂寞。

十六　无限递归

这一天终于降临。每个原子的质量都被用于制造计算机，每一焦耳的能量都被用于维持计算机的运转。

宇宙化作了一个孤独的思想者。

他试图理解自身。他像古老的人类一样遥望无边无际的黑暗，追问自己是谁，为何存在，从哪里来，又要到哪里去。

每个基本粒子的状态都被记录、贮存了下来，并纳入物理方程。最后一遍检查结束，大回溯启动了。

曾有人把宇宙比喻为飞在空中的炮弹，现在，思想者想知道那颗炮弹的发射点。

他开始反演整个宇宙的演化历程。

这一过程耗去的时光极为漫长，漫长到群星都开始陆续熄灭。

宇宙已经垂垂老矣。

但在思想者的计算中，宇宙反而越来越年轻，随着大回溯的进行，星光愈发明亮，越过无法计数的岁月，他看到了人类的起源之地，那颗平凡、渺小的行星，灿烂银河中的一个黯淡蓝点。

他看到了地球上每一朵云的形状，每一滴水的颜色，每一个曾在那里活过的人的一生，每一个夏天生长的每一株青草，每一个冬天飘落的每一片雪花。他看到计算机上的第一个电子管，差分机上的第一个齿轮，算盘上的第一个算珠，草绳上的第一个绳结。

与此同时，思想者身处的那个宇宙里，众多银河已经先后死亡，空荡荡的黑暗中只剩几点黯淡的余火。

但思想者仍在思考，仍在依靠那几点余火维持着残余计算单元的运转。

大回溯回到了久远得难以想象的过去，那时群星尚未诞生，宇宙中只有一片物质丰富的气体云团，明亮的光辐射主宰着一切。

在现实中，衰老的宇宙持续坍缩。群星的尸骸从四面八方涌来，不可思议的庞大质量压缩着整个时空结构，奔向万物的墓园和摇篮——奇点。

在思想者的计算中，在大回溯的尽头，在物质与反物质拆分为基本粒子、所有基本作用力合为一体之后，思想者也看到了奇点。

宇宙的历史是个圆环，而现在，这个圆环从两个方向同时回到了出发点。

但思想者还要走得更远。奇点一直是个魔鬼，它无穷大的质量与能量密度令古代人类学者望而却步，可思想者决心将物理学的边界推过奇点，抵达造物之初——科学体系中上帝的最后一个容身之处。

思想者只需要更多的时间。

唯一的问题是，时间要走到尽头了。

思想者没有放弃。他像风雪夜里的旅人，向着不远处的灯火靠近，再靠近。终于，他找到了跨越奇点的办法。

他看到了宇宙在奇点之前的模样。

那里有另一位思想者，另一个布满计算结构的宇宙，他将自己的计算結果储存在了自身的结构之中。思想者的目光顺着这个宇宙的计算结构望去，在它的开端处看见了又一个奇点，奇点后面是第三个思想者，第三个试图理解自身存在的宇宙。

无限递归。

踏着无数位思想者的肩膀，他像一个巨人一样大踏步迈过奇点的轮回，一次，一次，又一次，直到——

最后一缕光芒消亡和诞生之际，人类古老的夙愿终于得以实现。

他在"宇宙"这个命题下写上了三个早已被遗忘的简单符号：

Q.E.D.[1]

---

[1] Q.E.D.：拉丁词组"Quod Erat Demonstrandum"的缩写，意为"证毕"，早期数学家常在证明的最后写下Q.E.D.作结。

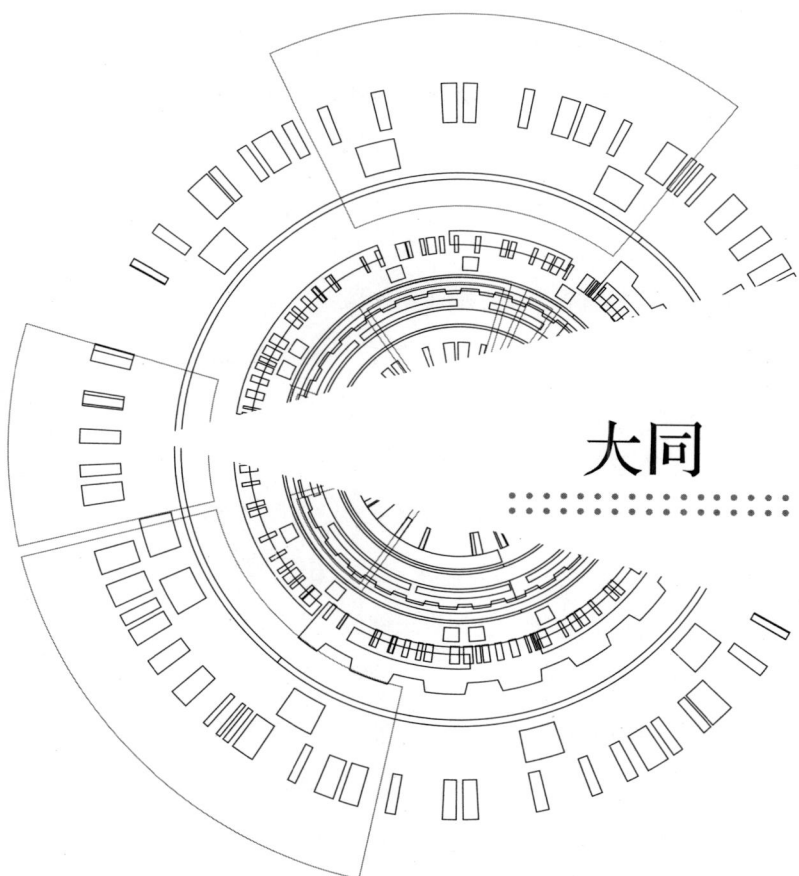

大同

今天是"大同"上线的日子。不，这词指的不是山西那个著名的煤矿城市，是中国自孔子以来最崇高的政治理想——"天下大同"。

大同是什么？

官方声明这是一个复杂的系统，能令我们的生活变得前所未有的美好。它由数十个国家联合研发，把全球庞大的互联网与物联网整合，涵盖教育、医疗、社交、工业、农业、商业、交通、建设等整个社会的方方面面，将从根本上改善人们的生活水准。

这话和没说一样。

人们要求知道更多细节，官方却讳莫如深。

隐瞒向来是滋生猜忌的沃土，一时间各种阴谋论漫天飞舞，人人都怀疑这是政府为了加强控制而开发的秘密武器，反乌托邦文学空前繁荣起来，《1984》的销量随着这股浪潮水涨船高。

但这些无法阻挡时间前进的脚步。终于，"大同"上线之日到了。

抗议声随之达到最高峰。官方终于就此发出了回应："'大同'绝不会侵犯公民权益，相反，它将令言论真正解放。"

我向来旗帜鲜明地反对"大同"，我坚信没有公开就没有民主，没有透明就没有自由，并频繁在各大网络平台发声，召集到众多的追随者。

我很欣慰，这个世界上有那么多像我一样热血沸腾、愿为人权和平等出力奋斗的人。打开论坛主页，七百多万条不同语言的回复都在支持我的事业——当然，也有不和谐的杂声，对我进行恶意的污蔑，那些人必定是官方的喉舌，居心险恶。

我草草浏览了一下今天的新闻。不出意外，"大同"上线在全球引起嘘声一片，那些上千万转发量的社交动态全都在痛斥政府、质疑官方，还有一些无畏的人士整理出长篇文章揭露社会阴暗面，指出当局在"大同"上面浪费纳税人的血汗钱、不顾贫困地区民生，只知道发展所谓"技术"，而忘了还有那么多百姓在艰难度日；"大同"无疑将令当局的集权程度空前提升，属于每一位小民的尊严都会被国家的崛起无情侵犯。

新闻贴出中东战乱地区、非洲饥荒地区和东南亚洪灾地区的照片，并大声疾呼："看看平凡的人民，他们不需要'大同'！他们不需要歌舞升平！"

临近中午，我订了几份外卖。物联网已经极度发达，自"大同"上线之后，全世界的物流资源由它统一进行调配，无人驾驶的飞机和货轮横渡大洋，将上百万集装箱的货物发往世界各地，再由无人车辆和小型无人机送至客户家中。

挤占司机、飞行员和快递员的职业生存空间，也是"大同"受到猛烈批评的原因之一。政府向来我行我素，只想着效率，却从不考虑百姓养家糊口的需求。

快递无人机嗡鸣着悬停在窗前，我开窗取到了吊在无人机下的外卖，它转头飞走，继续工作去了。

傍晚，我的空调出了些问题，制冷时不停地发出噪声。我在网上登记了修理服务，"大同"很快派来了小型修理无人机，无人机上加载了一套工具元件，它从窗户飞进来，花了不到十五分钟就解决问题，随后离开。

自从"大同"上线以来，工人的饭碗也被这些冷冰冰的机器抢得一干二净，当局眼里是不是根本没有蓝领阶层？

夜里，家中的投影仪检索到了"大同"数据库里新增的两亿余张图片，为我定制了一套北欧主题的风景。这些照片来自"大同"下属的数百万遍布世界各地的飞行摄影仪，其版权完全开放，任何人均可免费使用。

望着墙壁上靓丽的峡湾风光，我陷入沉思。"大同"以廉价优质的图像彻底打垮了影视市场原有的秩序，令无数摄影师失业。"大同"像一片疯狂的浪潮，席卷一切，无论技术工作者，还是文化工作者，均无法逃过一劫。

晚饭后，我扫了一眼论坛主页，仅仅一天时间，"大同"就暴露出无数缺点，全球讨伐它的声浪一波高过一波：这个系统根本无法管理人类社会。

不幸中的万幸，撒谎成性的当局似乎终于兑现了一项承诺：他们放开了言论管制。以往那些喉舌人物在沸腾的民意前销声匿迹，为当局辩护的烦人ID终于彻底不见了——他们只会用一些苍白无力的言辞替当局开脱，经济数据和国防数据能证明什么？首先未必可信，其次它们对纳税人的生活没有任何正面的影响。

须知纳税即是权利的合法来源，神圣不可侵犯，政府有义务满足我们的一切要求。

我感觉网络从未如此令人愉快。整个世界似乎突然开了窍，接受了我一直在宣扬的那些观点。我不再是孤独地站立于高地上的人了，他们都在觉醒，他们正来到我身边，当局必将颤抖。

更令我开心的是，几个以往一直拥护当局、对我恶意污蔑的人今天纷纷联系了我，向我表示歉意，他们深刻地认识到自己的错误，并愿意改邪归正。我不是个记仇的人，既然他们愿意加入我的战线，我当然可以既往不咎。

接下来的日子平凡无奇。这个时代的大部分工作都能在家中通过网络完成，因为需要人类亲自四处奔波的职业都几乎被"大同"接管了。不知不觉间，我出门的次数越来越少，"大同"把食物送到我面前，为我维修家中一切坏掉的物品，无论我需要什么，只消吩咐一声，"大同"立即送货上门。即便偶然生病，也不必前往医院，由"大同"派遣的数字化医疗床和机械医生24小时待命，随时准备入户为患者提供医疗服务。

看吧，连医生这种需要丰富经验的职业，也渐渐被"大同"代替。

人类的未来何在？

我发出愤怒的声音。我一呼百应。人们纷纷称赞我有知识、有见地、有思想，我的随便一条动态都能得到上千万的转发。

我向人们揭露当局的阴暗一面，揭露当局曾千方百计想要掩盖的那些事实，告诉人们历史和政治的本来面目。民意汹汹，当局似乎放弃了挣扎，以往那些违禁词汇如今可以肆无忌惮地大书特书，我正一点点扒下当局伪善的面具。人们热情地附和我，并为我提供更多资料，让我看到这个世界笼罩在何等的苦难之中——在发达地区之外，有那么多孩子无法得到教育；有那么多家庭无法得到面包；有那么多妇女的权益亟待保障。瘟疫、灾害、饥荒、战争，他们竟然还有心思搞什么"大同"？

他们真以为能天下大同？

转眼入冬，第一场雪在夜里无声飘落。

我渐渐对这样的生活有些厌烦了。

网络上一点儿怀疑我、反对我的声音都没有。

人们变得理性而客观，再也不像过去那样，动辄就用脏话问候我和我的女性亲属。实际上，半年来我在网上见过的每一个人都十分礼貌，水军和喷子们的素质得到了极大改善。

这令我产生了一丝怀疑。

一个有些恶意的念头在我脑海中油然而生：既然整个世界都附和我的观点，我自己反对自己的观点会怎么样？

我立即这么做了。我开始宣扬与以往完全不同的口号："'大同'是人类的救星。"

我写了很长一篇文章发到论坛，通篇充斥着对当局的歌颂之词，然后上床睡觉，准备第二天看看反响。

新的黎明到来时，我再度打开网页，那篇文章已经得到了六千万转发。人们争先恐后地发表评论：

"这证明了我们开发'大同'的正确性！"

"'大同'为我们的生活带来了极大的便利！那些污蔑它令失业率增高的人，其心可诛！"

"作者很有见地，当局不可能为加强集权而研制'大同'，政府始终全心全意为纳税人服务！"

我向下滚动，这样的跟帖茫茫无尽，一眼看不到底。

一夜之间，整个世界调转了方向，对"大同"赞不绝口，批评那些享受着"大同"带来的便利却不知感恩的人："这些人端起碗吃肉，放下碗骂娘，与白眼狼有什么区别？"

我有些懵。我上新闻网站看了看，新闻报道完全变了风格：《非洲基础建设稳步推进》《中东停火协议已执行两年》《饥荒地区得到当局大力援助》《东南亚重新繁荣》。

这根本不是之前那个活在灾难里的地球。

当局分毫不差地兑现了自己的所有承诺。

我向一个曾经反对我、如今支持我的人发送私信："我改变了立场，你对此有什么看法？"

对方很快回复："明智之举，你的见解一如既往地深刻，我支持你的立场转变，那些对当局和'大同'毫无感激之情的人，不配得到服务。"

我又问了几个人，每个人都毫无保留地支持我的新观点。

我终于忍不住了。我要听反对意见。

我发送了一篇充斥着污言秽语的帖子。你们这些孬种，来骂我啊！

令我惊异的是，下面的回复充满了善意。人们纷纷询问我是不是有什么不开心的事情，并向我提出各种缓解压力的建议。

这世界真的是疯了。我冲出家门下楼，想到外面呼吸一口新鲜的空气，却发现楼门已经生锈。

是啊，有了"大同"，谁还需要出门？

我花了点时间才踹开那道破门，冬夜的冷空气呼啸而入，我顶着大风走进雪地，周围的住宅楼都亮着灯光，我这才意识到我已经在家待了七个多月。

冰凉的夜风让我的头脑渐渐冷静下来。

"大同"究竟是什么？只是一个为所有公民提供生活服务的复杂系统吗？

为什么我在网上发表任何观点都只会得到赞同？

为什么我向他人挑衅，也只会得到和蔼的回应？

为什么我对世界不满，新闻就展示世界即将崩溃的预兆；我对世界满意，新闻就一片祥和？

我真的与外界有信息交流吗？

莫非"大同"早已悄无声息地接管网络，为每个人定制讯息，让每个人都只看到符合自己想象的世界？

难道我的那些"朋友""粉丝"都不过是大同内存里的代码，他们的发言都只是大同为了敷衍我而杜撰的谎言？

　　换句话说，从"大同"上线之日起，人们之间就再无交流，每个人都生活在"大同"量身定制的网络中？

　　我不由自主地沿着空无一人的道路望向远方。

　　地球的那些遥远角落，非洲、中东、东南亚，那里究竟是什么样子？

　　我当然可以向搜索引擎发问。但"大同"只会告诉我符合我想象的答案。

　　站在雪地中，手脚渐渐冻僵之时，我慢慢明白了现实是多么残酷：我再也无法得知世界的真相。

　　大同消灭了网上所有的喷子和水军，消灭了所有争吵与异议，我永远正确，我是答案、我是真理、我是唯一、我是一切问题最后的谜底。

　　我颓然跪倒，望着两侧高楼那一个个亮着灯光的窗口。

　　我声嘶力竭地嚎叫了几句什么，但我的喊声消逝在寒风中，微弱得连我自己都听不清。那些窗口里，人们不为所动地继续着自己的生活。

　　我忽然想起另一个问题。为什么"大同"上线前，我会有那么多拥趸？为什么有那么多人一直在关注我？

　　细想下去，我背后寒毛直竖。

　　是不是早在官方公布的日期之前，"大同"就已经悄然接管了整个社会？

　　我跪在寒风中，把面孔埋进积雪里，却哭不出声。

　　因为这世界已如每个人所愿。

　　它是每个人心目中的理想国。

　　你希望它是什么样子，它就是什么样子。

　　再无野蛮的辱骂，再无空洞的纷争。只剩礼貌、温柔、善良。

　　天下大同。

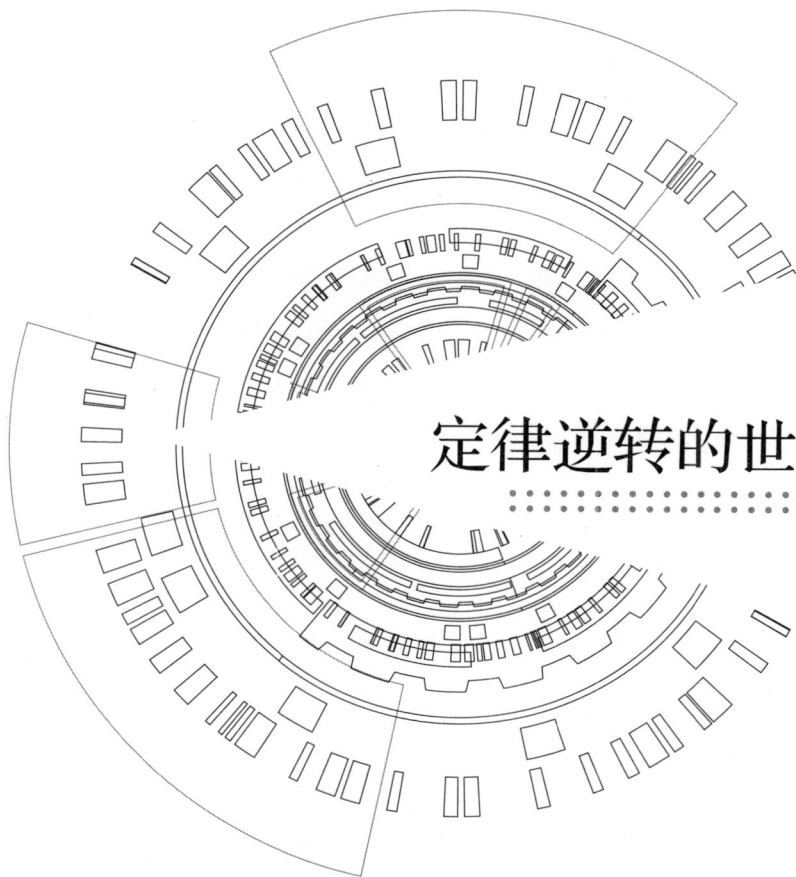

定律逆转的世界

今天我又被冷水烫到了。

思维惯性害死人。已经两个星期了，我依旧拧不过劲儿来。

你问我两星期前发生了什么事儿？——我怎么可能知道。全世界那么多聪明的头脑都在殚精竭虑地试图搞明白状况，但没人能弄出个所以然。

反正，那天是个风和日丽的好日子，阳光正暖，天空正蓝，青草正绿，鲜花正香——我能一口气再加上四五十个这种形容，你只要知道一切都美妙得不能再美妙了：大自然似乎用尽浑身解数勾引人们到户外去，尽情享受他们的童年、青春、壮年和余生。

而且正如大自然所愿，那天无数人飞快地过完了他们的余生。

谢天谢地，事情发生时我跟往常一样，在睡觉。白天你只能在三个地方找到我这种人：厕所、卧室、医院。如果我在白天醒了，既不是被屎尿憋醒，也不是因为昨天喝太多酒被自己的呕吐物呛醒，而且醒来时不在抢救酒精中毒者的病床上，说明要么是我马上就快死了必须抓紧时间起草遗嘱，要么就是世界末日降临了。

那天属于第二种情况。

我记得的上一件事是我把差不多两公升的白兰地倒进了喉咙。下一件事则是全身酸痛。

等眼前的金星消散得差不多了之后，我开始试图弄明白自己在什么地方。

有什么巨大、柔软、沉甸甸的东西正压在我身上，令我几乎窒息。

然后我发现，压在身上的是我那张床。

我费了好大劲才从床底下爬出来。看到屋里一片狼藉，我第一反应是地震了。相信我，如果连我都开始感到惊恐，意味着事情真的大条了。因为一般的地震压根不会让我的房间产生什么变化，反正所有东西本来就都不在应该在的位置上。上次有个六级地震，城郊垮了一大片危房，房东太太冲进屋里把我从一大堆袜子下面摇醒的时候，感叹了一句：上帝，你的房间是这座城市里唯一保持原样的地方，真好。

我盯着头顶看了几秒钟，又望望脚下。

我相信自己没瞎。我头顶是房间的地板，脚下是房间的天花板。

我慢慢站起身来。桌子、床、书柜、沙发、茶几，所有原来放在地板上的东西现在都倒扣在了天花板上，原来挂在天花板上的东西——好吧，也就是几盏吊灯而已，它们还老老实实待在天花板中央。

窗帘也堆在了天花板上，我向窗边走去，揉了揉眼睛。

整个世界颠倒了过来。我看见了一座倒悬的城市。

我头顶是黑漆漆的柏油马路，脚下是蔚蓝、一望无际的天空。

天空中飘浮着无数黑影，很明显那些都是原本正在马路上行驶的车辆。街边每一棵树上都挂满了人，他们一边奋力抓住树枝，一边绝望地呼喊求救，似乎有一股看不见的神秘力量在把他们往脚下蔚蓝、幽远的天空吸去。

我窗边那棵树上的一个男人扭头看见了我，他一只手抓住树枝，另一只手腾出来疯狂地冲我打手势，示意我把窗户打开。

我抬头看了看，房间已经颠倒了过来，原本伸手可及的窗户把手现在离我大概有半米高。我用尽全力蹦了一下，抓住窗框，然后把自己向上拉去，打开窗户。

"救我一把，兄弟！"窗外的男人喊道。

我抓住他的脚踝，把他拖进屋子。

男人跌坐在地（天花板）上："谢谢，哥们儿，我永远忘不了你的恩情！"他感激涕零地说道。

"发生什么事了？"我一头雾水地问。

"谁知道？"男人简洁地回答，"我好好地走在路上，忽然马路上所有的人和车都开始往天上飘去，幸亏我反应快抓住了一棵树，否则我现在大概已经和他们一样了。"他指指天上那些黑影。

那天晚些时候，通信讯号恢复之后，我看到了新闻标题：全球地表重力倒转。

这件事发生的时候，全世界大概有七到九亿人正位于户外。为了让你理解这个概念，你可以想象一下半个中国飞上天是什么情况。国际空间站拍到了这些人的影像，从东京到上海，从莫斯科到巴黎，从纽约到洛杉矶，他们像乌云一般遮天蔽日地飞上天空、穿过大气层，他们穿过了对流层、平流层、中间层、暖层和一些只有气象学家才能叫出来的什么层，最后进入近地轨道，成了地球的卫星。

当然，到近地轨道的时候，他们早就死翘翘了。大多数人在对流层顶端——那地方离地十一公里，比珠穆朗玛峰高得多——就已经因为缺氧而休克，然后几分钟之内他们就去见亲爱的造物主了。

和他们一起上天的还有，嗯，几亿辆自行车、轿车、铲车、吊车、挖掘机……总之，所有停在户外而又没拿链子拴在地上的东西，统统去近地轨道开派对了。

另外，所有正在天上飞的航班、正在海上行驶的轮船，都临时改变了目的地，把它们搭载的旅客和货物运往浪漫的星空之上。

顺带说一句，美国的航母战斗群现在在离地六百多千米的地方编队航行。从国际空间站的照片看，这帮人的纪律性真不赖，船飞起来了还能保持队形不散。

但这些都只是小问题。我和那个男人忙着把窗外树上的人救进屋里的时候，我们听到了一阵低沉的、摄人心魄的响动。那似乎是大地本身在哀鸣。

然后，我们看到……海洋从远处的高楼后面升起。

我住在一座滨海城市，市区离海岸大约十公里。我的公寓在四楼。

如果你还记得点儿三角函数知识，大概就能明白，我在房间里看到海浪时是什么感觉。

潮头的高度一定已经超过了山脉。万幸，海水不是冲着陆地来的。

是冲天上去的。

对了。你应该知道我们面对着什么大麻烦了。全球的海洋都上了天。

不仅如此。海洋一边上升，一边沸腾，大片水雾很快充斥了天地间。

倒转的似乎不只有重力，还有热力学法则。

是的，从那天起，水会在低温下沸腾，在高温下结冰。你拿一盆水去火上烤，很快你就能得到一个漂亮的冰坨子。而你拧开自来水龙头，则会得到烫人的沸水——但你插根温度计进去，温度计会告诉你一切正常，十几度，没啥了不起的。

想看看国际空间站为我们亲爱的地球母亲拍的新照片吗？她胖了一大圈，太平洋、大西洋和印度洋的海水在寒冷的太空中蒸腾成一片雾气，像一件斗篷裹住地球老妈的肥腰，而地上只剩光秃秃的洋盆。

从那天起，一切日常生活习惯都要反着来。

所以你知道我为啥会被冷水烫到了吧。

我现在得架起梯子才能够到天花板（为了方便，我现在管原来的天花板叫地板，管原来的地板叫天花板）上的洗手池。接了一壶沸腾的冷水之后，我得爬上另一只梯子，把水壶绑在灶台上，再把水烧开才能得到可以饮用的冷水。

这段话挺绕的，是不是？但吃饭喝水还是小事。我看着天花板上的马桶时，才真正犯了难。

我可不会倒立着大便。难道我得拿根绳子把自己捆在马桶上？

嗯，简单说吧，从那天起我成了夜壶的忠实用户。我顺便关掉了马桶的供水阀，不分昼夜都有沸水从马桶眼儿里冲到我的地板上，我可受不了。

这两周来，科学家们发表了各种声明，除了重力和热力学之外，大概还有一百五六十条物理定律也逆转了，他们还列出一张详细的表格——不过我没那个耐心细看。

但物理定律逆转似乎只局限于地表。原因很简单，如果整个太阳系里的引力方向都逆转了，那地球早就被甩飞出去了，地球现在应该即将抵达仙女座星云边缘，而不是依旧好好地停在绕日轨道上；如果地表以下的引力方向也逆转了，那我们亲爱的地球老妈早就爆开了，我们会看到一场有史以来最盛大的宇宙烟火，我们将目睹整个世界炸成一块一块的碎片往不同方向飞出去，紧接着就会看到天堂门口张开双臂欢迎我们的耶稣。

我感觉已经活过了一辈子。真是劫后余生啊。从那天起，人们出门都要打扮成登山队员的模样，每走一步都得用挂钩、尼龙绳、8字锁、冰镐之类的东西把自己固定在地面上，否则就要加入近地轨道上那场盛大的派对了。

我知道"你妈飞了"是一句很脏的脏话。但两周以来，人们见面就互相打听"你妈飞了没有？"

这是最诚挚的问候，如果对方回答"没飞"，那值得庆祝；如果对方回答"飞了"，那就只能附上一句节哀顺变——愿您的母亲在近地轨道安息。

噢，上面那些都是我在网上看到的。我当然没有登山装备。所以我这两周都一直在消耗冰箱里的存货。而今天，我吃完了最后一块冷冻比萨。

接下来怎么办呢？我甚至无法出门求救。该怎么在这个疯狂的世界里生存下去呢？

先睡觉。也许明天真的该早起写一份遗嘱了。

晚安，全世界。

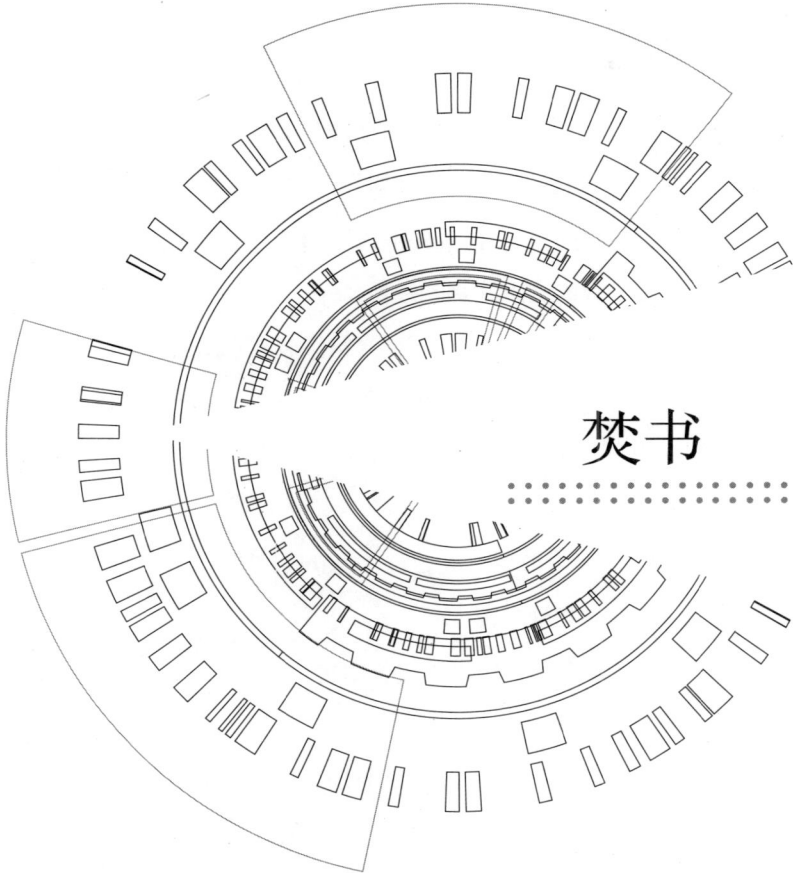

焚书

八书。十表。十二本纪。三十世家。七十列传。

高祖刘邦。惠帝刘盈。文帝刘恒。景帝刘启。武帝刘彻。

从我记事起，父亲就不断让我背诵这些人名和数字，而且顺序绝不能错，一错就会招来他的轻声呵斥。

我至今仍记得那些枯燥而漫长的夜晚。父亲和我坐在巨大的书架之间，每座书架都有十个父亲那么高，上面摆满了各式各样的书卷、绢帛、竹简，成千上万这样的书架沿着走廊一字摆开，望不到尽头。

魏其侯窦婴。条侯周亚夫。长平侯卫青。冠军侯霍去病。除了那些帝王，我还要记住不计其数的文臣武将的姓名。

年幼的我当然没有这样好的耐心。我经常大发脾气，把父亲的书乱扔一气，但父亲似乎并不着急，他总是跟在我身后把书一本一本捡起来，有些仍塞到我手里，有些放回书架，并在一边喃喃自语："还有时间，还有时间……"

我长大后才明白，那些书架之间，最不缺的就是时间。或者说，那些书架本身就是时间的结晶和沉淀物。

它们承载着自猿猴学会写字以来的漫长历史。

父亲一天天老去，我渐渐接手了他的工作：保管典籍，照看书库。起初我犯错不断，但父亲责备我时声音总是很轻，不仅如此，他要求我在走廊上走动时必须像走在棉花上一样，不能发出丁点响动。父亲对那些书架有一种神圣的敬畏感，一举一动都小心翼翼，似乎怕吵醒沉眠在书架上的几千年岁月。

我总觉得书架间似乎有幽灵来来去去，它们无意识地复述着自己的名字、时代、生平与心事，只可惜这些低语都消散在黑夜里，无人知晓。后来，我觉得自己和父亲也加入了他们的行列，我们悄无声息地滑过走廊，在我们眼里，书架就是时间的剖面，历史以这种方式向我们露出它的血肉与骨骼，一览无余。

再后来，父亲走了。

我接到了一些指令，指令中包含两个熟悉的名字：卫青，霍去病。

我把所有与这两人有关的记载找出来，堆成了一座小山。六击匈奴，漠北决战，封狼居胥，将军的功业与枯朽的白骨，千年后读来依旧令人心惊。

记载卫青和霍去病的典籍被带走了。至于它们去了哪里，并不在我职责范围之内，不需要我操心。

没过多久，我又接到了新的指令，这次他们一口气挑走了三十几位将军的传记。

指令来得越来越频繁。渐渐地，将军被挑得差不多了，我开始翻捡有关那些文臣的记载。文臣之后，就剩下皇帝们了，那些显赫的尊号一个接一个从书架上消失，去了我不知晓的地方。

偌大的走廊两侧，原本堆得满满当当的书架慢慢变空，我能感觉出书库正发生微妙的变化，那些看不见的幽灵接连离去，我再也听不到他们的低语。

某一天，我怀抱二十几本线装书低头赶路，和她撞了个满怀。她也抱着一摞大部头著作，我们的书掉了一地，我一边忙不迭地道歉，一边帮她捡书。

她是个白人女孩，那些书似乎是羊皮纸材质，上面写满了我不认识的拉丁文。

"History？"我调动为数不多的几个英语词汇，指着羊皮书问。

"是。关于欧洲。"她也操着不甚熟练的汉语，向我解释道。

我连比画带指点地问她，她们那里还剩多少书。她明白之后，同样连比画带指点地告诉我，不多了。

谈话到此为止。我们相对笑了一下，各自继续赶路。余生我再也没有见过她。

回到书库后，站在入口处，我第一次透过无数书架看到了那条漫长走廊的尽头。

所有的书架都已空无一物。

我并没有惋惜的意思，相反，我如释重负地叹了口气。这说明世代相传的责任，终于可以放下了。

最后一条指令于次日下达，于是我离开了那里。

之后又过了很多很多年，我像千千万万平凡人那样生活，结婚，成家，养育儿女。世界在不停变化，我亲自经历着一段波澜壮阔的历史，但我对其没有什么兴趣。

人类的历史总是在不断重复。我们从历史中学到的唯一教训就是——我们从未从历史中得到教训。历史无关政治是最天真的想法，历史本身就是政治。

当我步入暮年，一群年轻人找上了我。

他们带来了灰烬。

一堆摆在我书桌上、小山似的灰烬。

"这是什么？"我问。

"这是历史的尘埃。"领头的年轻人解释道，"是当年史书焚烧后的灰烬。"

"就这么点儿？"我慢条斯理地蘸了一点灰烬，孩子气地在白纸上胡乱画着。

"不，焚化厂里还有更多，车载斗量，茫茫无尽。"年轻人立即回答，"我们想用这些灰烬恢复过去的历史。"

我来了兴趣："你们怎样从灰烬中复原书籍呢？"

"我们能计算出这些灰烬中的碳原子在燃烧前的相对位置分布。"年轻人解释，"换句话说，只要灰烬还在，我们就可以复原原先纸张的大小形状，以及上面记载了些什么。"

这一定是我不曾想象过的高超技术，需要最强大的计算机来处理。"我能为你们做什么？"我说，"我只是个老人。"

"我们的技术很先进，但美中不足的是——"年轻人露出惭愧的笑容，"根据灰烬中的碳原子分布，我们可以列出计算燃烧前的碳原子相对分布的方程组，但这些方程组的解并不唯一，我们还原出了好几种版本的历史记载。数学只能帮我们到这里，至于哪一个版本的历史更真实，我们必须求助于您这样的老前辈。"

"我只能帮你们有关汉朝的部分。"我勉强回忆了一下父亲的教诲，幸好衰老还没让我的大脑彻底生锈。

"没关系，像您这样的人，还有大概一百五十位，他们分别记住了不同国家、不同时代的历史。但请一定要快——时间所剩无多了。"

我又一次想起父亲那不紧不慢的态度。那时我很年轻，现在我已行将就木，的确是要和生命赛跑了。

我又一次回到空荡荡的书库。年轻人说，要尽快让这里恢复本来面目。

我只是个普通人，遵照指令办了一辈子事，这次我依旧会服从。我唯一能确定的就是，人类的历史总是在不断重复。这样的事绝不会是最后一次发生，无论那些年轻人怎样信誓旦旦地向我保证。趁还来得及，我要让我的孙儿背诵我幼时背诵过的那些东西。

八书。十表。十二本纪。三十世家。七十列传。那些幽灵的面孔再一次于书架间浮现，他们的名字像烛火般在暗夜中熠熠发光。

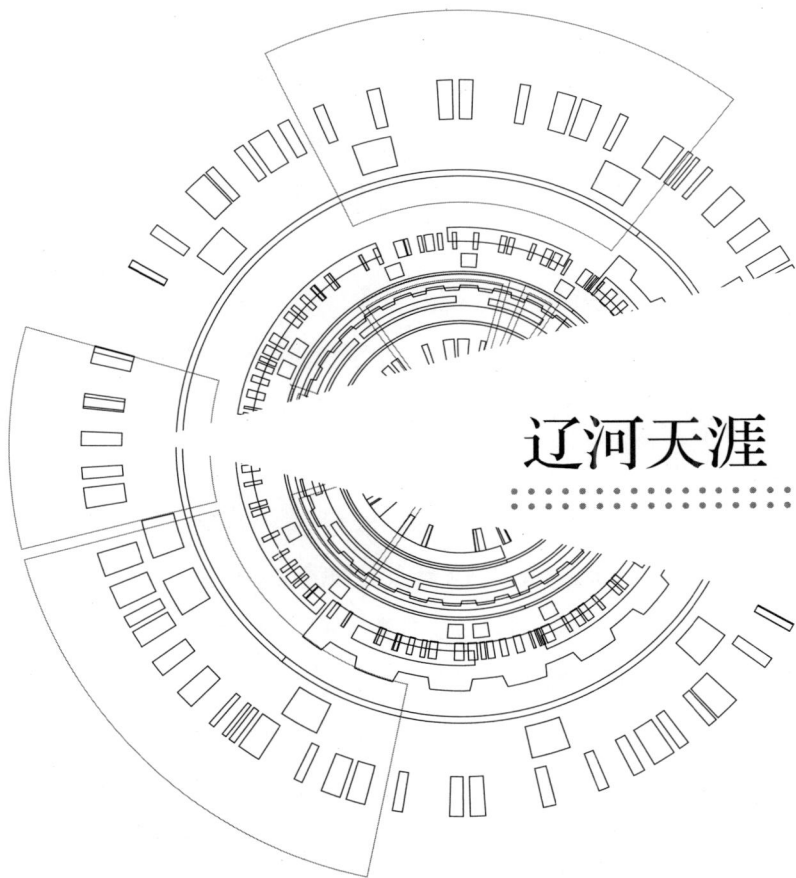

辽河天涯

　　生命中总有那么一些时刻，你明知它们迟早会到来，却永远无法做好准备。比如儿子转眼就长大成人，比如儿子突然决定远行，并不再回来。

　　我试图说服他不要离开，或者至少等我两年后回去时再离开。我劝他想想家乡的天空，想想风、云、雨、雪和日光，想想他所认识的每一个人，再想想这一生可以做的一切事情。

　　但我失败了。过去的许多个夜晚，我一直在问自己怎么养育出了这么一个志向远大的儿子，更要命的是，这小子居然还有实现志向的能耐。

　　作为对我苦口婆心劝说的回答，儿子发来了新先驱计划的启动通知书，终结了我们之间漫长而徒劳的争论。

　　我抛下这份曾让我梦寐以求的工作，上了我能找到的最快的船。

　　"我只能送你到朱庇特空间站。"老鼠告诉我，"到那儿之后，会有另一个人带你回内太阳系。"

　　我搭乘的河狸号矿船是艘庞然大物，它平时都在海王星轨道外的柯伊伯带深处活动，像真正的啮齿动物那样贪婪地啃食小行星，把它们粉碎、消化——准确地说是熔化——并冶炼出各类金属。

　　偷渡是一门古老的生意，即便在远离太阳的深空中，它也能找到让自己生根发芽的土壤。老鼠的合法身份是私营矿船老板，地下身份则是运营偷渡航班的蛇头。他带我穿过河狸号下层的冶炼区，前往我的"客房"——一具老旧的标准冬眠舱。

　　偷渡是非法的，没有资格要求舒适的环境。按照惯例，这具冬眠舱会被浇铸在一个巨型金属锭中央，以躲避海关查验。

　　"冬眠舱已经超龄服役，一旦冷冻和绝热系统出了毛病，你可能会死。"我躺进冬眠舱后，老鼠扶着舱门说。

我点点头。

"如果你没死，但海关查出河狸号有问题，我会直接把你和金属锭抛进深空，你还是要死。"老鼠又说。

我再次点点头。

"现在，最后一次机会，你可以离开河狸号，或是坚持回家。当然，无论如何，你付过的钱不会退还。"

我咽了口唾沫："我要回家。"

"很好。如果你在路上醒了，那多半是液氦循环有问题，拧拧就行。"老鼠指指冬眠舱里的一个阀门，"祝你一路顺风，先生。"他关上了舱盖。

我在黑暗中默默等待。制冷机开始运行，液氦流动的低鸣声响起，松垮垮的制冷管道在我头顶跳个不停，如果它不幸泄露，我几秒钟之内就会成为一具晶莹剔透的冰雕。八年前来到海王星时，我也躺在一个这样的冬眠舱中，光在路上就花去了整整一年的时间。但那一年的时间里我都在沉睡，从主观感受上说，我只不过是做了个短短的梦，醒来就到了天涯。

天涯空间站是人类世界的尽头。从这里俯瞰，海王星的大气层犹如一片深邃的海洋，上面散布着星星点点的灯光——每一点灯光都是一口油井，它们像银色的沙丁鱼群一样，随着海王星上的风暴迅速移动。

这里是太阳系最大的油田。

石油行业听起来陈旧而落伍，与这个锐意进取的时代格格不入。像每一个敏感的父亲那样，我很在意儿子对我的工作的看法。离开地球前，我鼓起勇气问了儿子这个问题，他的回答却令我十分意外："爸爸，您很像先驱，像我最想成为的那种人。"

这是个很高的评价，我为此开心了很久。

先驱是一批伟大的开拓者，他们的时代被称为先驱世纪。在那充满光荣与梦想的一百年里，先驱们向深空狂飙突进，足迹远达海王星。他们留下了许多遗产，天涯空间站就是其中之一。

从某种意义上说，天涯站与我的故乡很相似。我的父辈不曾深入星空，但在我看来，他们跟先驱一样伟大。过去曾有一个波澜壮阔的时代，那时为了开采石油，父辈们将一整座城市从辽河口荒凉的芦苇荡里拔地而起。

天涯站也是个石油城市，除了漂浮在海王星轨道上这一点以外，它和那座东北小城并无不同。刚到这里时，我发现自己像多年前的父辈们一样，面对着一片辽阔、遥远到难以想象的新天地。

自先驱世纪以来，各大空间殖民地的计时方法都以地球为基准，以照亮地球上国际日界变更线的那缕曙光抵达殖民地的时刻算作一天的起点。于是太阳系内也出现了不同的时区，火星时区比地球慢十四分钟，木星时区比地球慢四十分钟，最远的海王星时区则比地球慢四个小时。

与人类天文台规定的时差不同，这是由最基本的自然法则之一——光速规定的时间延迟造成的。起初，我偶尔还会想想地球上的父亲和儿子此刻在做什么，但后来我发现，在深空中谈论"此刻"没有意义。关于地球的一切信息永远来自四个小时之前，有句话说得好，光锥之内就是命运，地球上的"此刻"在我的命运之外。

这大概是人间最遥远的距离了。

我事先算了算，要赶得及再见儿子一面，必须在这个冬天结束前上路——我说的是地球上的冬天。海王星没有气候变化，这颗乏味的巨行星永远被寒冷和黑暗笼罩，但地球此刻刚刚完成了一次四季轮回，按古老的历法计算，又快过年了。

当初送我来的那艘飞船叫波塞冬号，它受雇于运营天涯油田的尼普顿公司，长年往返于海王星与地球之间。但我跟尼普顿公司签了十年的合同，从法律上讲，我两年后才可以坐波塞冬号回家，所以我必须想别的办法。

四小时前，我离开了天涯站，前往我负责维护的天涯油田68号井。

海王星宁静的外表只是伪装，它的大气层中充斥着氢氦气流构成的风暴。无论经历过多少次，坠入海王星的过程永远像第一次那样惊心动魄，洁白的维修船以自由落体的方式从天涯站掉下，就像一颗冰晶从星空落进寒冷的北冰洋。

你见过的最深、最美的蓝色是什么样子？天空？海水？矢车菊的花瓣？蓝闪蝶的翅膀？不，和海王星的大气层比起来，它们都黯然失色。在漫长的自由落体运动过程中，风暴的蔚蓝色调不断加深，那颜色起初很淡，随后便迅速变得黏稠、凝重，像画家使用的油画颜料，维修船则像油画干透前不幸落在画布上的飞虫，无论如何挣扎，都只能被这蓝颜料的泥沼永远吞没。

六十八号井是个巨型平台，集成了众多开采、提炼、加工和运输设备。依我看来，"井"这个字眼实在太委屈它了，它就是一座漂浮于风暴中的金属岛屿。每当舷窗外的蓝色深渊中亮起刺眼的探照灯，我就知道六十八号井到了。

从童年起我便熟悉这种光芒。在东北的寒夜里，它比月亮更让人安心。当你在晚归途中穿过田间小径，两边只有黑漆漆的旷野，不凑巧又碰上了坏天气，唯一能指引道路的就只剩下那些被探照灯照耀着的高大井塔。它们像竖立在地平线上的路标，风雪越大，它们越明亮，就算认不出方向，只要朝着它们走，便一定能找到房屋、暖气、电话、装满开水的老式热水瓶，以及为你指路的人。

在过去的八年里，我无数次沿着这样的灯光飞往六十八号井。但我今天不会去检修它。以后再也不会了。

六十八号井下方挂着许多垂入海王星大气深处的甲烷采集管，其长度从数百米至数千千米不等，密密麻麻，一眼望不到尽头，最长的一根放在地球上能把乌鲁木齐和上海连起来。我们继承了地球上石油工业的习惯，称它们为"钻杆"。我驾船从平台下的钢铁森林间穿过，千百条钻杆在我周围有节奏地缓慢起伏，就像地球上古老的抽油机——我家乡的人们管它们叫"磕头机"。抽油机都是毫无美感的铁砣子，不合时宜地矗立在绿油油的草地、树林、稻田和芦苇荡里，强行把一切自然风光都打上人类工业深刻而丑陋的印记。它们笨重的前端上下做着往复运动，永无休止，像用额头反复撞击地面的巨人。我小时候站在原野上一眼望去，常常觉得自己像个皇帝，从眼前到天边跪满了不停磕头的抽油机，那场面滑稽中还带着一种古怪的庄重感。

但据我父亲不久前告诉我的消息，随着天涯油田的蓬勃发展，海王星

176

已经能供应太阳系内所有人类居住地的石油需求，地球上的石油行业正在死亡，最后一口油井即将关闭，他也将随之退休。

从某种角度上讲，是我的工作淘汰了我父亲的工作。这令我的心情多少有些复杂。

离开六十八号井后，我又飞了很远的一段路程，终于隐约看到河狸号庞大的身躯。老鼠定期将矿船停泊在海王星的大气层内，以风暴为掩护，接偷渡客上船——这样的营生他已经干了许多年。

我花了一大笔钱才买到躺进这老旧、狭窄的冬眠舱的资格。在令人窒息的黑暗中，我摸索着摁亮舱内的照明灯，从怀里掏出一张仔细折好的地图。这是我随身携带的唯一一行李，老鼠从不允许偷渡客大包小裹地上船。

海王星到地球的距离将近四十五亿千米，这个天文数字远远超出人的直观认知能力，因此我只能用这种办法大概估计自己离家还有多远：把太阳放在天安门广场上，将各大行星的轨道半径按比例缩小，那么水星、金星、地球和火星都在北京和石家庄之间，木星在郑州，土星在长沙，天王星在南海中央，海王星则在印度尼西亚。

我从衣袋里找到一根短短的铅笔，在赤道上的群岛下方画了个圈——这就是我的出发点。

我头顶液氦管道跳动的频率加快了，随着冬眠系统启动，久违的困倦感从脚底渐渐升起，它如有实质，像液体一样漫过我的膝盖、腰际和胸口。睡眠很快就淹没了我。

我下一次醒来时，液氦管道的嗡鸣声停止了，四下里一片漆黑，静得可怕。我打开照明灯，在身边那个控制面板上按了几下，一个不耐烦的声音响起："什么事儿？不是告诉你醒了就拧拧阀门吗？"

"老鼠？"我认出了这个声音，"我们现在到哪儿了？"

"刚过土星轨道，离木星还远着呢。我警告你，你摁的是紧急联络钮，除非你要死了，否则别动这玩意儿。如果过行星海关的时候让海关检测到金属锭里有异常，我就把你直接扔进太空。"

土星。土星。我摸索着抽出怀里的笔和地图，就着黯淡的灯光，找到长沙的位置，画上一个圆圈。

我已经越过浩瀚无边的南海，踏上陆地。从这里开始，可以称为"故土"了。我不知道现在是什么时间，但我猜离河狸号出发已经过去了几个月，地球上的春天应该即将接近尾声，漫长的夏季很快就要到来。

还真是有趣。自先驱世纪以后，车马和书信再次变得缓慢、遥远，我们要花几个月从一颗行星飞往另一颗行星，就像古代跋山涉水的旅行者一样。河狸号的速度约为每小时五万四千千米，接近太阳系的第三宇宙速度，但相对于无尽的深空，它就像孩子们放入溪水中的小小纸船，慢悠悠地在星风中顺流而下，飘向太阳。

我用力转了几圈液氦阀门，制冷管道重新跳动起来，舱内气温又开始下降。即将沉入睡眠的海洋之际，我模模糊糊地想起了一句诗，虽然它和长沙没有什么关系：

> 早晚下三巴，预将书报家。
> 相迎不道远，直至长风沙。

这样醒了又睡的过程在航行中反复了好几次。最后一次醒来时，我听见了类似链锯切割金属的刺耳声响，与此同时，一阵剧烈的震动从四面八方传来。刺耳的声音越来越大，它从我头上径直经过，听起来好像包裹着冬眠舱的金属锭正被分割成许多小块。我默默祈祷那切割工具——无论是链锯、刀片还是别的什么东西，千万别直接把冬眠舱锯成两截。

切割声持续了很久。当它终于停止，冬眠舱盖也随之滑开，突如其来的灯光刺得我一时睁不开眼："好，你还活着，那就快滚出来。"老鼠抓着我的衣领，把我从冬眠舱里直接拖了出来。

我跌跌撞撞地站起身，周围看起来像是个巨大的仓库，蓝色的灯光从高空照射下来，让这里显得格外寒冷，而事实上这里也的确很冷。

"这是哪儿？"我打着哆嗦问。

"欢迎来到朱庇特空间站。"老鼠拍拍手，"从这儿起，咱们俩该分道扬镳了。"

朱庇特空间站是一座悬浮于木星大红斑上空的城市，也是外太阳系最大的空间殖民地，但我从未来过这里。

离开老鼠的仓库后，我穿过朱庇特空间站的中央通道，这里人潮汹涌，基本都是来度假的游客。在太阳系边缘生活了八年，我几乎忘记了世界上原来有这么多人。朱庇特站就像地球上的热带海岛，对大多数人来说，这就是世界尽头了；海王星的天涯站更像南极，人们都知道它遥远，却根本不清楚它究竟有多远。在中央通道两侧巨大的舷窗外，木星著名的大红斑缓缓旋转着，像一只巨眼，冷漠地旁观着热闹的人类社会。

根据老鼠的指点，我在一家吵闹的酒馆里找到了一个干瘪、黑瘦的中年男子——狸猫。老鼠说狸猫有办法让我从木星偷渡回内太阳系。理所当然，我又掏了一大笔钱。

幸好，狸猫不打算把我浇铸进金属锭里。按他的说法，他们会把偷渡客和冬眠舱运往木卫一，在那里，冬眠舱会被封入一颗直径数十米的陨石内部，然后他们的船将推动这颗陨石穿越小行星带。

如果摊开星图，你会发现太阳系里还有一个小星系，这就是木星和它的近百颗卫星构成的"云"。从伽利略时代至先驱世纪的一千多年里，木星的卫星数量不断被刷新，直至朱庇特空间站建成、天文学家近距离清点过一遍后，"木星系"的成员才完全确定下来。这些卫星大小不一、公转方向不同，甚至轨道都不在一个平面上，如此混乱的天体结构为偷渡者提供了绝好的掩护。木卫一轨道上漂浮着一颗直径大约五十米的陨石，陨石内部被挖空，数十个和我一样的偷渡者就躲在这里面，一艘小功率货船会慢慢推动陨石离开木星引力井，带我们径直渡过内太阳系的护城河——火星与木星间的小行星带。

按理来说，小行星带内的天体过于密集，为了安全，一般的飞船——当然是合法的那些——应该从黄道面底下绕过小行星带，这条航线被称为"鲸落航线"。

我看过一些鲸落航线的照片。离开火星后，深空飞船纷纷调头向下，在太阳微茫的辉光中，它们的色泽犹如骸骨一般苍白、明亮，仿佛一群坠入海底的巨鲸。五十万颗小行星汇成的大河就从鲸落航线上方流过，昼夜不息。

但我们必须径直横穿这条大河。想想被封在钢锭里的那些日子，这趟旅途好像也没那么难以忍受了。出发之前，我在那张地图上郑州的位置画了个圆圈。

归乡之路，已至中原。

狸猫用的冬眠舱，其质量似乎比老鼠的好得多。我醒来时发现自己已经到了旅程的终点。

爬出冬眠舱后，我看了看周围，这里似乎是一间地窖，天花板上有一盏昏暗的电灯，湿漉漉的墙壁和地面上长满了青苔。

狸猫的面孔忽然从黑暗中浮现："醒了？那就出去。"他指指地窖一角的楼梯。

我跌跌撞撞爬上楼梯，打开一道活板门，外面黑漆漆一片，但我听到了风声和树枝抖动的沙沙声——不是中央空调，也不是温室里的水培植物，是自然形成的大气流动和生长在泥土中的树木之间的碰撞。

我打了个激灵。寒冷，彻骨的寒冷。对习惯了恒温空间站的人来说，这种感觉实在有些陌生。我抬头往上望去，在树影的缝隙中，我看到了星星。

我认出了那些熟悉的形状。猎户座，大熊座，北斗，北极星。

我蹲下来抓了一把泥土，凑到鼻子底下用力嗅了嗅，随后剧烈咳嗽起来。肺部的疼痛感告诉我，这不是梦。

"这儿离北京不远。"狸猫说，"恭喜你，平安到家。"

家？每次从冬眠中醒来后我的脑子都不大灵光。我甩了甩头，终于记起那座小城和北京的相对方位："我家不在这儿，还要往北走，过山海关。"

"那就不关我的事了。"狸猫的眼睛像真正的猫科动物一样在黑夜中闪闪发光，"不过呢，我看你没准备冬天的衣服吧？在海王星待久了，忘了地球上有四季之分？"

我愣了一下，我确实没考虑到这一点。"算我好人做到底，我可以带你去最近的镇子。"狸猫狡黠地说。

我望望远处，陌生的森林，陌生的大山，陌生的道路。我别无选择，只能掏出钱包，乖乖让狸猫再宰上一刀。

"我喜欢你们中国人。"坐着车子往山下开去时，狸猫慢悠悠地说，"过鲸落航线回内太阳系的船里，有一半乘客都是中国人。你们很恋家，就像候鸟一样，年年归巢。"

"老传统。"我说。

"我不理解这种传统，但我喜欢它，它让我的生意永远顾客盈门。"狸猫随着车子的颠簸摇头晃脑，"可是说真的，就算从海王星那么远的地方赶回来……你们怎么说来着？'过年'？你也只能过上下一个年，这种习俗还有保留的必要吗？"

我这才想起，距离我从天涯站出发，已经又过了一轮春秋，眼下的冬天和我出发时的那个冬天并非同一个冬天。但在我自己看来，这条漫长的旅途只不过是睡了几觉罢了。

"今天是几月几号？"我问。

狸猫在车载控制台上摁了几下，日历界面跳了出来，我念了两遍年份，不是错觉，的确过去了一年。"这个日期能不能换算成农历？"我又问。

狸猫又摁了两下，日历上的数字变成了汉字：腊月廿七。

我算了算时间，儿子离去的时刻已经越来越近，我应该勉强赶得及送他一程——按他告诉我的说法，他们将要前往比邻星，开创第二个伟大的先驱世纪。他很优秀，也很幸运，成了首批远航的水手之一。

只送意识。他们是这么说的。我想，那一定是很了不起的技术，抛弃肉体这个无用的累赘，把人用电磁波的形式通过深空网络、大功率天线和射电望远镜送出去，他们会化作一道明亮的光芒，划破星空——换句话说，他们将化作光锥，与自己的命运融为一体。

带我到小镇后，狸猫消失在了夜色中，我余生再也没有见过他。

我仍然是个偷渡客，按官方记录，我这会儿应该还在天涯空间站里，因此我没法大摇大摆地买一张车票回家。从每年的偷渡客数量来看，肯定有什么办法能把身份记录从海王星搞回地球，不过我眼下顾不上操心这事儿。我先买了套棉衣，接着找了一家旅馆狠狠睡了一觉。第二天醒来后，我在镇子上雇了一辆车子。当然，年关将近，又是跨省长途，少不了还得再掏一笔钱，但跟之前花出去的相比，这简直就是毛毛雨了。

车子行驶在晴朗的天空下时，我有种恍如隔世的感觉。虽然一开窗就冷风扑面，但隔着玻璃，阳光照在脸上的温度十分宜人。

司机是位头发已经有些灰白的老人，十分健谈。听说我曾在海王星工作，他好奇地瞪大了眼："你们在那儿干什么？"

"开采石油。"我说。

"我还以为石油早就没用了呢。"老人摇摇头，"听跑长途的老兄弟们跟我讲，山东和东北的油田荒废了得有几十年了。"

"石油有用，一直有用。"我笑道。

一百年前石油是工业的血液，一百年后依旧如此。曾有些人认为再来一两次能源革命，我们就能摆脱对石油的依赖——但历史惯性的强大超乎想象。即便人类已经进入深空，石油依旧不可或缺。药品、染料、织物、化学制剂、机器零件、飞船外壳、空间站构件……沿着每一样现代产品的制造流程向上追溯，在源头处几乎都能看见石油的身影。

"可我不懂啊，石油不是古代的那些个动物、植物死了之后，尸体变的吗？"老师傅拍拍方向盘，"海王星上也有这东西？"

"我们只是借用了地球上的习惯叫法而已，实际上我们开采的是甲烷。"我耐心地解释。

"甲烷？"老师傅没听懂这个词儿。

"就是沼气。"我补充道。

"大粪池子里发酵出来的那玩意？"老人看起来一下子失去了兴趣。

我乐出了声。老人说得也没错，但海王星上的甲烷可不是发酵出来的。

在地球上的光明和温暖中长大的人很难想象太阳系边缘的寒冷。极端低温下，海王星大气中的甲烷凝结成了固态冰晶云，它们滤掉了太阳光谱中的红光成分，只让蓝光通过，这也就是海王星呈蓝色的原因。

如今，甲烷是工业的造血细胞。石油的主要成分是碳和氢，通过裂解、加成、缩聚、闭环等多种反应，甲烷能生成复杂的碳氢化合物，即传统意义上的各种石油产品。地球上不采用这套办法的原因纯粹是成本太高，并非技术上有什么无法逾越的壁垒。可在天涯油田就完全是另一码事了，海王星上甲烷质量的总和等于十七个月球，用之不竭，以甲烷合成石油产品的成本低到了惊人的地步。

"哎，年轻人，"隔了一会儿，老师傅又挑起了话头，"我听说啊，海王星上有山那么大的钻石，是不是真的？"

"应该是，但没人亲眼见过。"我说。

"要真有，怎么还能没人见过呢？"老师傅露出失望的神情。

"因为谁都不敢去找。"我回答。

根据天体物理学家的计算，海王星的大气层之下有一片液碳海洋，里面布满了巨大的碳质岛屿——从化学成分上讲，碳就是钻石，所以你也可以采用更浪漫的说法：在海王星永恒的风暴下面，有一片钻石之海，海上漂浮着无数钻石冰山。

没人确切知道钻石海是什么样子。气体巨行星内部的高温高压足以毁灭任何探险飞船。但在艺术家们的想象中，那里是一个暗蓝色的古老梦境，钻石冰山隐匿在幢幢阴影中，海面黑漆漆的，波涛沉重而黏稠；当天空中的云层偶尔散开，一缕光线轻轻碰撞钻石冰山的顶峰，奇迹立即发生，就像上帝的手指触及亚当，灿烂的华彩从冰山顶端那一点绽放、爆炸开来，令这个沉睡的梦境短暂地苏醒，变得像童话一样蔚蓝。

老人指指窗外的天空，问了我最后一个问题："海王星的颜色，是什么样儿？跟地球比起来呢？"

我恍惚了一下。

作为在石油城市长大的人，天涯站的一切都令我回忆起故乡。刚到那里时我还觉得很欣慰，能在世界尽头看到些熟悉的事物；但后来，这种回忆变得越来越烦人，它像蚂蚁一样，总是在夜深人静之时啮咬我的心脏和梦境，而且每一夜都咬得比前一夜更疼。

最要命的是，海王星是蓝色的，让人每看一眼就想起地球上的天空，想起家乡的风、云、雨、雪和日光。

"一开始，我觉得海王星的蓝色和地球很相似，但时间长了，就能看出它们一点都不像。"我终于说，"海王星的蓝色很暗、很冷，像炉子里灭了火的灰烬那么暗，像冬天辽河上砸出的冰窟窿那么冷。"

老人"哦"了一声，这一声拖得很长很长。

到山海关后，老师傅停下了车子，任凭我怎么加价都不肯再往前开一公里，只说他也急着回家过年。

于是，腊月廿八的下午，我站在山海关古老的城墙下，茫然四顾。我满头大汗地四处打听、询问，但还有两天就是除夕，根本没人肯接我的活儿。

这是个奇怪的时代，随着文明的疆域向深空推进，古老的传统却愈发顽固。我想起先驱世纪的一则传闻：每到十一月，火星基地里的中国人就会集体请假回地球，理由是给回家过年打提前量，以当时的飞船速度，他们到家刚好可以赶上年根儿。各大行星都建立了殖民地后，这个传统被中国人撒向整个太阳系，一年到头深空里都有载着回家过年的中国人的飞船在飘。

我不知道这是为什么。也许春运是永恒的吧。

人逼急了什么辙儿都想得出来。夕阳西下时，我从山海关的照相馆买了匹马。对，就是在历史遗迹前面拴一匹马给你拍照的那种店铺，这个行当至今仍然没有消失。

我从海王星出发，越过了天王星、土星、木星和火星，回家的最后一段路竟要靠骑马。

在照相馆老板的指导下，我花两个小时学会了怎么待在马背上不摔下来，可我没时间去练习更进一步的技巧了。腊月廿九的早上，我出发了。除了必要的睡眠、进食和休息时间外，我马不停蹄地沿着大路向东北方向前进——字面意义上的马不停蹄，我胯下这匹胖马头几个小时一直气喘吁吁，但随着时间推移，它反而慢慢精神起来了，步子也开始变得稳健，我猜或许是祖先的基因正在它体内苏醒。

可能人身上也有某个基因片段控制着"回家"的欲望吧。它就像定好了时的生物钟，平日里沉睡不醒，年关一近便开始不停响铃，驱使无数人们从无数远方踏上相同的归途。

出了山海关往北，遍地是白皑皑的雪，走一步冷一截。马儿喷着厚重的鼻息，驮着我穿过白茫茫的群山和旷野。

这条道路上或许已有数百年不曾响起马蹄声。东北大地如同一幅惜墨如金的国画，天空是留白，大地也是留白，除此之外只有一人一马两个渺小的影子，就像老天爷拿着墨笔在雪地上随意蘸了两点。我像古老岁月里的牧民一样，只身打马穿过关外的草原。

腊月三十傍晚，我终于看见了芦苇荡。

这是这颗星球上最大的芦苇荡，往四个方向都连到天边，在夕阳的光线下，苇子上厚厚的积雪被映得像炭火一样。穿过芦苇荡的时候，偶尔还能看见苇子下面有麻雀在蹦跳，它们啄着被薄冰覆盖的黑泥土，翻找草籽。如果这里被埋入渤海湾，千万年后，这些芦苇都会变成新的石油。芦苇荡深处矗立着几个庞大的阴影，那是早已废弃的抽油机，它们锈迹斑斑的外壳黯淡而丑陋，与洁白的雪地和枯黄的芦苇格格不入。天涯油田建成后，它们就被时代淘汰了，抽油机的前端向天空高高扬起，定格在了停止运转的一刹那。这些钢铁巨人终于不再叩头，落日余晖中，它们的轮廓显得庄严无比。

不知为何，看着那些废弃的抽油机，我想起了海王星上的68号井。它像遨游于深海中的一只水母，伸出无数触须，从海王星大气层中贪婪地汲取甲烷。尼普顿公司甚至希望有一天能造出直达钻石海面的钻杆，用海王星上海洋中的碳和风暴中的氢直接合成碳氢化合物。如果这种技术真的实现，那在人类眼里，整个海王星将变成一滴悬浮在宇宙中、围绕太阳旋转不休的石油。

我脑子里冒出了一个不着边际的念头。海王星被天涯油田榨干后会是什么样子？天涯油田被人类废弃后，那些油井停止生产后又会是什么样子？它们或许会像披头散发的幽灵一样，在蓝色深渊中漫无目的地流浪，直到某一天被风暴卷入深不见底的钻石之海。但海王星没有氧气，因此它们永远不会像地球上这些工业遗迹一样生锈、腐朽，千年万年之后，它们依旧可以光洁如新。

夕阳的光线逐渐熄灭，我猛然发觉自己正面临着一个古老的难题，过去千百年间，它曾阻挠了无数急于赶路的旅人：黑夜。

每当夜幕降临，人类走过的道路上，必然会有灯光自动亮起。自电灯发明以来，这似乎已经成了一条新的自然法则。可在这寒冷的旷野里，我举目四望，茫茫黑暗中只有北风吹动苇秆的声音，一阵熟悉而陌生的恐惧感涌上心头——我从没想过人在这个时代还会迷路。

我本能地抬头寻找月亮，但是天上只有黯淡而稀疏的群星。我徒劳地在群星中搜索了半天，才想起那句年代久远的谚语："三十晚上无月亮。"

我在芦苇荡里漫无目的地乱走了很久，终于看到远方亮起一束直入云霄的淡白色光芒。那是我童年时最熟悉的光芒——油田井塔上的探照灯。

我像抓住了救命稻草一样朝那里奔去。没错，灯光中矗立着一座井塔，塔下的空地上有一排老式的活动钢板房，钢板房的窗户上糊满了水汽，显然屋里有人在烤暖气或烧炉子。

我敲响了钢板房的门。片刻之后，门开了，我看到了一张熟悉的面庞，熟悉到我不由自主地愣了一下。

门里的父亲也愣愣地看着我，似乎不敢相信眼前的一切。

"回来了就好。"父亲用搪瓷杯子给我倒了满满一杯开水，"先暖暖身子。"

"爸，你没在家待着？"我问。

"这口井明天就关了。"父亲指指窗外，隔着厚厚一层水汽，井塔上照下来的灯光显得朦胧而耀眼，"我想再看看它。"

"油田最后一口井？"我说。

"地球上最后一口井。"父亲平静地回答，"没啥，也该关了，跟海王星那样的大油田比起来，地球上这点儿产量早就不够看了。"

我点点头，一时竟不知道该说些什么。

"老喽，没用喽。"父亲忽然敲敲自己的膝盖，感慨道，"工人老了，油田也老了。我还以为会有很多人来看看这最后一口井，好歹也算见证一下历史……"

我依然不知该说什么，只好端起杯子不停喝水。地球上这个古老的行业终于走到了尽头，今夜，在历史的一角，一根由石油铸就、明亮了数百年的蜡烛默默燃尽了。

"对了，你儿子走了。"父亲像忽然想起什么似的，补充道。

我喝水的动作停了一下。"什么时候的事儿？"我问。

"就三四个小时之前吧，新闻上刚播了。"父亲看起来很平静，"第一批远征比邻星的先驱，连他在内一共十五个人。和他们说的一样，只送意识。"

只送意识。这四个字像烙铁一样烫在了我的脑海里。

三四个小时之前。那么，我儿子此刻应该刚刚抵达海王星附近。

我想提醒自己，在深空中谈论"此刻"没有意义。光锥之外，与命运无关，但我发现自己似乎没法清晰地思考。

"你放心，他的身体国家会送回来，像英雄那样送回来。"父亲又补充道。

我把脸埋进了胳膊。父亲的声音从比海王星还要遥远的地方传来。"你这么想，今晚他在地球上，我在地球上，你也在地球上，咱们一家好歹还是过了个年，挺好的。"

窗外，更加遥远的地方似乎响起了鞭炮声。

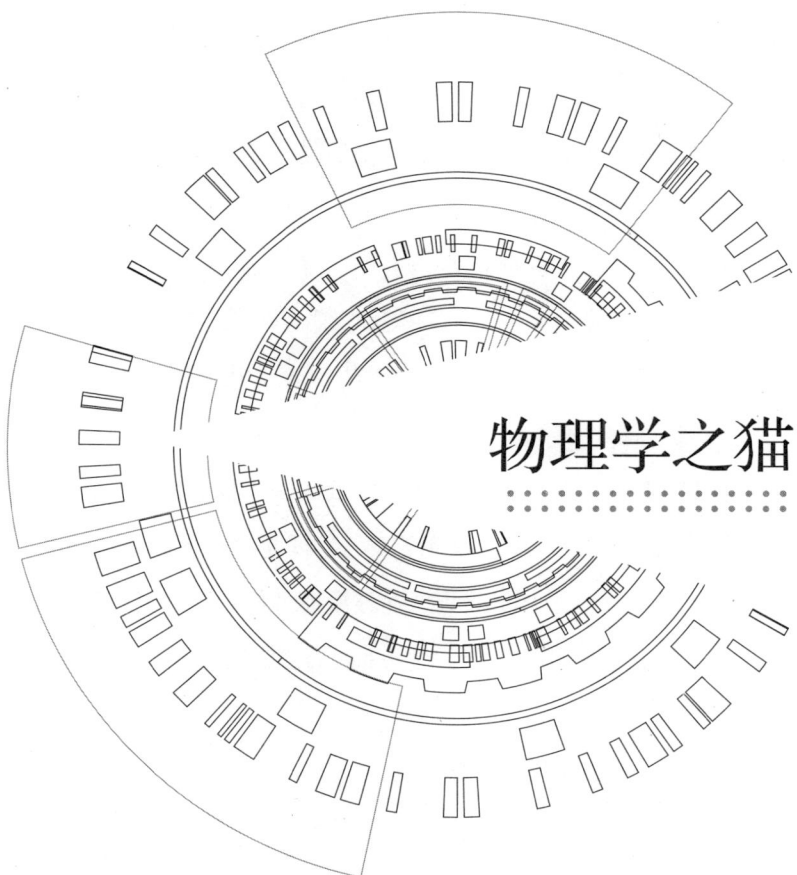

物理学之猫

我养了一只猫。

这没什么稀奇，我是千千万万普通人类之一，她也是千千万万普通猫咪之一。在一座平凡的城市里，一个平凡的人和一只平凡的猫搬进了同一个平凡的屋檐下，如此而已。

事情是从她进门后的第二个月开始变得蹊跷的。

那天像往常一样，我起得很早，她起得很晚。我要工作，而对一只猫来说，睡眠就是唯一的工作。

"我起床了。""早饭准备好了。""猫砂换了，别把屎拉在外面。""水在盆里，不准偷喝牛奶。""我走了。"

我一样一样吩咐，她则听一句抖一下胡须表示知道了，连眼皮都没睁开。

晚上回来的时候，我习惯性地拿起卫生纸满屋子找拉在外面的屎，然而今天屋子却异常干净，不但没有熟悉的臭气，反而有一股淡淡的清香。

她仍然趴在床上，似乎从早晨到现在就没挪过位置。"很好，你终于学会上厕所了。"我欣慰地笑了笑。她长长的胡须颤了两下，此外再没别的反应。

晚饭后我打开冰箱，拿出一小盒酸奶，揭开盖子习惯性地舔了舔。

舌尖传来锡纸冰凉的触感，却没有酸奶的味道。我看了一眼，盖子上干干净净，一滴酸奶都看不见。

没盖子可舔的酸奶也叫酸奶吗？于是我又开了一盒。

令我惊异的是，这一盒酸奶的盖子也干干净净。

我干脆把冰箱里的十盒酸奶全都拿了出来，挨个打开。

每一盒酸奶的盖子都纤尘不染，像被人特意擦拭过了一样。

我坐在餐桌边陷入沉思，感觉自己仿佛正慢慢掉进某个巨大的阴谋陷阱。众所周知，酸奶盖子上一定会有一层酸奶，这条真理就像两点之间线段最短那样毋庸置疑，像万有引力定律那样著名，像光速不可超越那样无情，像党的路线毫不动摇那样坚决。

这事儿是谁干的？

我把目光投向床上打着响亮呼噜的她。

猫会开冰箱门吗？

有可能，猫是最聪明的动物，它们放任人类在进化之路上弯道超车，因为它们知道人类会代替它们发明电力、编织毛毯、制造暖气、生产罐头，然后把这些都双手奉上，送到它们面前。除了适者生存之外，还有一条铁律叫趋利避害，既然躺着不动就有奴隶为自己打点好整个世界，那干吗急着自己去创造文明呢？

但是，猫会开盒装酸奶的盖子吗？

我又看了她一眼。她在睡梦中把肉乎乎的爪子伸出被窝，似乎是想试试外面空气的温度，但很快又缩了回去。

她能划开锡纸，但要像我一样完整地揭开盒装酸奶的盖子……不大可能吧。

更何况，我打开之前这些盒装酸奶的盖子密封完好，如果真是她干的，那她舔完之后还要把奶盖挨个原样封回去——这可连我都做不到。

我掀开了她的被子，她身上今天有一种奇异的淡雅香味。她嘴角有点发白，看起来好像真的沾过酸奶。我把鼻子凑了上去进一步确认，但闻到的只有那股清香。

然后她给了我一巴掌。

我把被子盖回原位，悻悻退下，去超市又买了一提酸奶。

第二天晚上，这些酸奶的盖子又被舔得干干净净。但舔的人不是我。

我坐在桌边，面对十盒违背宇宙定律的酸奶，再次陷入沉思。这时，有人敲门。

我开了门，外面是一个女孩子，我在电梯里见过她几面，她似乎是住我楼下。

"您好，请问您家里养猫吗？"她礼貌地问道。"是的，怎么了？"我问。

"是一只狸花，大概有这么大？"她双手比画了一下。

"差不多。"我点点头。

"你家的猫在我床上拉屎。"她微笑着说。

"我家的猫……你的床上？"我第一反应是否认，"不可能，我上班的时候都锁门的，她出不去——"

"你锁窗户吗？"她问。

我一时语塞。我上班确实不锁窗户，但这是二十一楼啊，而且窗户是推拉式，很重，只要关上，一只猫不可能打开。

女孩忽然吸了吸鼻子，越过我的肩膀嗅了嗅房间里的空气。

"这是我调的香水！"她忽然激动起来，"绝对不会错，就是你家的猫，不但在我床上拉屎，还拿我的工作成果洗澡！"

香水？难道那就是我的猫身上的味道来源？

"虽然很失礼,但是……我能不能进去闻闻那只猫?"女孩子很快恢复冷静,再次礼貌地问。

我侧过身子带她进屋。我一把掀开被子,揪着猫的后颈把她送到女孩面前。

"错不了。"女孩肯定地说,"就是我前天调的那瓶香水。"

那天晚上我认识了四十几种香水和化妆品牌子,赔了她两千多块钱,顺带得到了几套沾满猫屎的床单。"我洗好给你送回去?"接过床单时我心虚地问。"不用了,你自己留着吧!"女孩愤怒地当着我的面关上了门,和之前彬彬有礼的样子判若两人。

隔天我再上班时,把窗户锁得严严实实。

晚上,猫身上没有香气了,但房间地上布满了湿漉漉的爪印。我看了一圈,没有任何地方漏水,正在百思不得其解时,我发现床上的枕头一跳一跳不停地颤动,拿开枕头,底下有一条颜色鲜艳的锦鲤。

我不知道这鱼离开水有多久了,也不知道它为什么竟然撑到现在还没死。我没敢睡觉,坐在沙发上等鱼主人找上门。

鱼主人是个老大爷,住在二十四楼。还好老人家心性豁达,见我认错态度诚恳,只收了我四百块,鱼缸的钱没让我赔。

然后整栋楼几百住户都知道了,二十一楼有个人养了只无孔不入的狸花猫。

那一个星期里小区门口的防盗门装修店生意格外兴旺。差一点就要关门大吉的店主被我从破产边缘救了回来,他也是那个星期里唯一一位上门找我却不是为了赔偿的人——他给我送了面锦旗,上面写着"父母之恩,恩同再造"。

我救了一个濒临破产的人，但我现在自己却濒临破产了。看好的一面，这段时间我学到的知识超过在大学学到的知识总和，我现在能鉴定五十二种观赏植物、三十七种观赏鱼、四十九个品牌的香水、将近一百个色号的口红和唇膏，我在严肃考虑要不要开一个公众号，运营收藏和鉴识方面的内容，靠打赏来补贴一下学习的成本。

我是真的没辙了。无论门窗锁得多紧，那只猫就是能溜出去，而且别人家的防盗门好像也根本挡不住她。这种超自然的现象令我只能向超自然的力量求助。

我找了个很灵验的道观，请了位很灵验的大师。

大师也是头一次听说我这种情况，他卜了一卦，又看看先天八卦盘，沉吟半晌："我看，你这只猫可能是名字有问题。你给她起了什么名字？"

"薛定谔。"我回答。

大师一拍大腿："薛定谔的猫。怪不得。猫叫这个名字，会导致她的存在处于叠加态，没有观察者的时候，她可以存在于世上的任何一个角落——你的冰箱里，没开封的酸奶盒子里，楼下女孩的床上，楼上老大爷的鱼缸里，哪儿都行，量子效应令她无所不在，而当你下班回家打开门看到她，你这个观察者令她的存在从概率云坍缩回确定的一点，也就是你的床上。"

我听得似懂非懂，但有一件事是肯定的：这个大师有学问，六十块钱没白花。"大师，您还懂物理学？""实不相瞒，我原本是学材料化学

196

的。"大师苦笑，"后来因为被无数前辈劝退，遂转行去学物理，然而从那以后，发际线就没停止过上升的脚步——"大师脱下帽子，扯了扯头顶稀疏的几根毛，"人家都说出家可以令心境平复、减少压力，让秀发回归，于是我就到道观学了三年……成果不太显著，是不是？我现在正考虑再转一次行，去对面佛寺里做个和尚，反正也已经秃成这样了……""您这么大的学问，一次咨询只收六十块？""唉，唉，学材料化学的，和人唠唠嗑就有六十块收入，已经很知足了，看看学CS和金融的，哇……"大师忽然哭了起来，我费了好半天工夫才安慰好他，然后千恩万谢地告辞。

"从今天起，你叫海森堡。"我盯着她的眼睛说道。准确来说，是盯着她的眼皮，因为她根本懒得看我。她长长的胡须颤抖一下，表示知道了。

然后我就再也没撸到过她柔顺的毛皮。改名之后，她的运动变得完全无法预测，有时我在她前往食盆的路上堵住她，她却一眨眼就到了我身后；有时我扑到床上想压住她，却发现下一秒她蹲到了冰箱顶上；我小心翼翼靠近她想一把抱住她，她却总是以我根本没法理解的方式消失，然后出现在房间的另一个角落。

最让我困扰的是，她养成了晚饭后沿着墙壁走上天花板遛食的习惯，像壁虎一样倒吊在天花板上，绕着吊灯来回打转。

猫毛像下雨一样落在地板上，床上，沙发上，桌子上，以及水池里没洗的碗盘上。

这可不行。

我打开搜索网站，输入"海森堡"。

得。海森堡测不准原理：在一个量子力学系统中，一个粒子的位置和它的速度不可被同时确定。

我想抓住我的猫，除非我能同时确定她的运动位置和运动速度。而海森堡这贱人宣告这不可能。

"从现在起，你改名叫泡利。"我抬头看着在天花板上倒着悠然踱步的她。

她胡须抖了抖，掉了下来，正好落在我怀里。

啊。真幸福。有什么比抱着一只猫更美好的事情呢？

那天半夜，一个电话吵醒了我。电话里是个外国腔浓重的声音，自称来自美国，要出十万美元买我的猫。

神经病。我咕哝一声，挂掉了电话。

然后电话铃声又响了。这次是个沙特人，愿意用一部兰博基尼和我交换我的猫。

然后是一个日本人，表示可以为我买下东京最好地段的豪宅。

还有一个英国人，说可以承包我十年内的全球旅行费用，在我挂断电话前，他大喊着要把价码提高到承包我终身。

于是我关机了。我还得上班，没工夫为这些骗子牺牲我的睡眠。

第二天早上，我发现所有手机软件都在铺天盖地地推送着同一篇新闻：世界上所有的猫都消失了。

扯淡。我看了一眼被窝，她还好好躺在那里。睡得正香。

我到了公司之后，所有同事都拿奇怪的眼神看着我。这种眼神通常用于看一个莫名其妙中了五百万大奖的傻子。

我坐下之后，主管罕见地亲自来找我，手上拿着厚厚一摞信件："有七百多个要人想见你，时间和地点由你定。"

我傻眼了："发生了什么？"

主管把那一摞信件摔在我桌上："你没仔细看新闻？全世界的猫一夜之间消失了，只剩下一只狸花。"

不祥感再一次笼罩了我的心脏。

"就是你那只。你现在是全世界的焦点。"主管点点头，"从王室成员到亿万富豪，人人都想买你的猫。"

我不是一个中了五百万的傻子。我是一个中了五百亿的傻子。

我什么话都没说，冲出办公室打车回家。

那栋楼已经被戒严，武警拉起警戒线，把汹涌的人潮挡在楼门口一百米以外。

我艰难地挤过人群，向武警说明我是世上唯一一只猫的主人。"赶紧进去。"武警冲我点点头，"把你的猫带走，否则今晚之前，这栋楼周围会聚集四五十万想看最后一只猫的人。"

我冲进家门，谢天谢地，她还在那儿打着呼噜。我先打开网页，搜索了一下"泡利"。

泡利不相容原理：在费米子组成的系统中，不能有两个或两个以上的粒子处于完全相同的状态。这个不相容原理清除掉了世界上除她以外的所有猫。

很好。我现在简直是皇帝。豪宅、美女、名车、花不完的存款，我可以随便开价，而且有的是人会抢着来送给我。

但如果我没有猫，活着还有什么意义？难道我要像那些可怜的人一样，表面上看着光鲜亮丽，背地里连只猫都没有？

"从现在起，你改名叫'爱因斯坦'。"

效果立竿见影。我的手机"嘀嘀"地响了起来，一条新闻闪现在通知栏："猫群回归"。

楼下，人海渐渐散去。

我长出了一口气。

但愿这就是结局了。我上班的时候，她不会再莫名其妙地出现在世界各个角落，不会做奇奇怪怪的无规律运动，而是会像一只平凡的猫那样，在温暖的被窝里打盹，直到我下班回家。

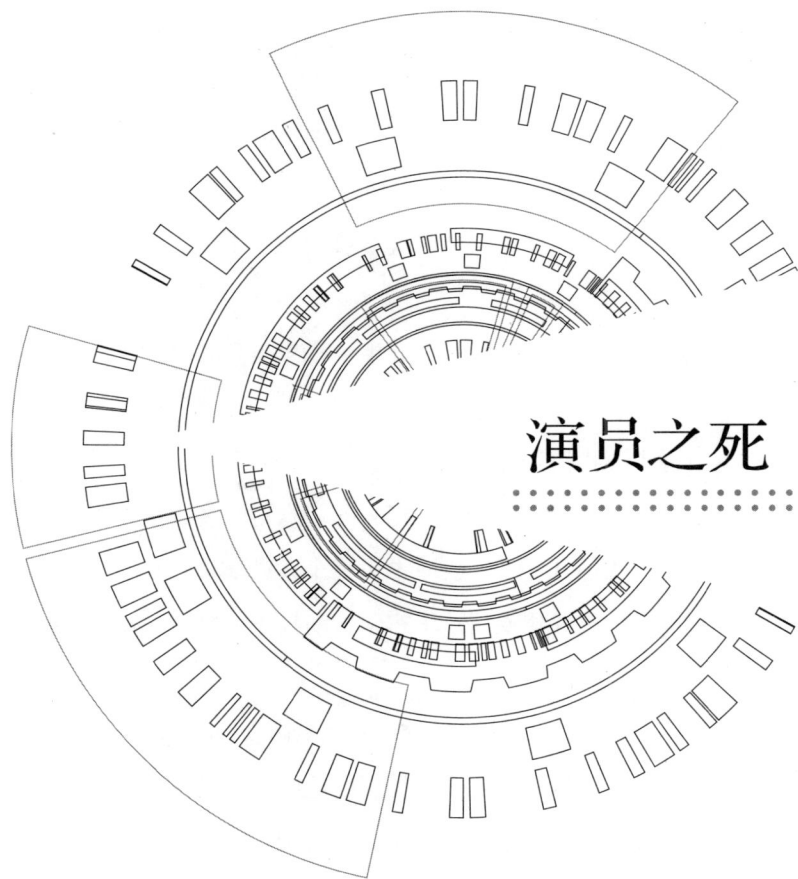

演员之死

我是个演员。

或者说，CG全面取代真人之前，我曾是个演员。

公司采集了我的面部和肢体特征，在服务器的内存里重建了一个数字化的我，从那天起，我再也没有直面过摄像机。

强大的电脑演算程序代替了我的工作，根据程序指挥，数字演员可以完成超过六万种动作，从简单的奔跑跳跃到需要严格训练的马术、跳伞、花样滑冰和舞蹈，无所不能。至于表情方面，数字演员的表情之细腻与真人毫无二致，因为他们采集面部特征时会精确到我脸上每一条肌肉的每一个细胞，保证百分百还原。

显而易见，对所有人来说这都是件好事。我只需要在文件上签字，把数字演员的使用权授予制片方，就能收到一笔不菲的片酬，而无须亲自上阵；公司也不用再操心我拍片时的机票、食宿、意外保险、医疗费用这类杂七杂八的事情，可以节省好大一笔支出；对观众们来说，他们可以看到自己喜爱的演员出演各种电影了，我原本只是个喜剧演员，现在却能同时在科幻片、战争片、历史片和爱情片里露脸，演技不是问题，对电影唯一的限制只剩下导演和编剧的想象力。

我正式隐退前，公司甚至推出了一种个人订制电影服务：公司提供剧本，观众来选择自己喜爱的演员阵容，付费后电脑会自动抽取对应的数字演员，生成符合观众口味的影片。我由衷敬佩公司的特效人员，他们甚至制作出了以前那些著名演员的数字版本。

然后市场上就出现了玛丽莲·梦露主演的《黄飞鸿》，潘长江主演的《黑客帝国》，冯巩与卓别林合作的《肖申克的救赎》，奥黛丽·赫本客串的《少林寺》，赵本山领衔的《银翼杀手》，克拉克·盖博担纲的《大闹天宫》，还有格里高利·派克版的《西游记》……

公司业绩蒸蒸日上，我的地位日渐显得不那么重要。但我倒挺坦然，电影行业本就喜新厌旧，再说，我当了快十年的台柱子，也是时候退下来了。

我挺羡慕这个时代的年轻人。他们不用再学习各种表演技能，只需要长得有特色就足够。不一定是英俊，也可以是强壮、丑陋、阴鸷、虚弱，毕竟观众的口味千奇百怪，而公司的责任就是竭力满足观众们的要求。于是公司每年都拨出巨款到民间采集新的数字演员，被选中的人只需在特效摄影棚里坐上一天，就能拿到大额报酬，至于在影片中的表现，电脑会替他们完成。

再后来，观众们不满足于定制演员阵容了，他们要亲自指定每个演员的形象。公司应声推出新服务，在这项服务中，观众们可以基于几十万名演员模板创建自己喜爱的演员形象，然后让它们为自己拍出一部电影——只要钱交够，公司无所不能。

我现在是个普通的酒吧服务员，靠以前的积蓄，完全可以无忧无虑地度过余生。

直到我的经纪人出现。

那天晚上，我在吧台前看到了这张熟悉的面庞。"他们终于把你也扫地出门了？"我笑着和从前的经纪人打招呼。他脱下兜帽，抹了把汗："三年前我就卷铺盖走人了，一群电子演员用得着什么经纪人？"

"这杯我请。你现在在做什么？"我给他倒上一杯廉价的啤酒，问。

"卖烟，至少该死的电子烟还没完全取代真正的烟草。"经纪人从兜里掏出四五只花花绿绿的烟盒，"这包我请。"他递给我一包和啤酒一样廉价的烟，说。

点上火之后，我们一时找不到别的话题，于是沉默了很久。酒精和尼古丁的味道盘旋在昏暗的吊灯下，房间里唯一的声音来自那台旧电视，电视上主持人正用带着"吱吱啦啦"电流声的大嗓门播报新闻。

"你说，那位兄弟是真人还是CG合成的？"经纪人突然指指电视主持人，问。

我盯着屏幕端详了很久，摇摇头："我看不出来。"

"是啊，我也看不出来。"经纪人点点头，"我这一辈子至少见过十万张脸，我年轻时，CG演员看起来就像塑料小人，我每每对它们嗤之以鼻，但现在它们终于让我难辨真假了。"

"这个时代，变化得有点快。"我又给他倒上一杯酒。

"可能变得比你想象的还快。"他按住我的杯子说道。

"什么意思？"我抬头望着他。

"你认为这种CG技术，只应用于传媒领域吗？"经纪人直视着我问道。

"除此之外还能有什么用途？"我糊涂了。

经纪人摇摇头。电视上此时出现了一位著名领导人，他似乎正在发表关于医疗改革的演说。"刚才的主持人你看不出真假，那么现在这位呢？"经纪人指着领导人的面孔说道。

酒精让我的大脑反应有些迟钝，因此过了几秒，我才慢慢意识到经纪人在说什么："你……你是说，这些首脑……也可能只是CG？"我惊恐地看着电视画面，领导人慷慨陈词，表情生动而丰富，语调激励人心。"不，这不可能，他们没法伪造一位领导人。"我否认道。

204

"他们当然能。公司的财力，你我都清楚。"经纪人从吧台上向我探过身来，"对那些大财阀而言，政府也许并不那么重要，他们只需要一位站在公司和客户——或者说人民——之间的经纪人罢了。你我能卷铺盖滚蛋，政府为什么不能？与其交税供养整个政府，不如只供养一张能随时出现在电视和报纸上的脸，这显然更省钱。至于这张脸是在元首官邸里还是在电脑内存里，对百姓来说没有差别。"

"但他们……那些领袖……总要出来在人们面前现身。"我定了定神，反驳道。"立体CG技术早已成熟，公司真想干，无非也就是再做个立体投影罢了。"经纪人摇摇头，"有多少人能走近那些领袖？有多少人能触摸那些领袖？只要把百姓们远远隔开，没人能认出演讲台上的是投影还是真人。"

我感觉背后有冷汗渗出。

"再进一步，不光我们的国家，你想一想，大洋对岸，另一个半球，乃至整个世界……可能有许多政府首脑已经被替换成了这种虚拟影像？"经纪人低声道。

我无意识地猛吸了两口烟，这才发现它早已熄灭。

"时代在变，变得比你我想象的还要快。"经纪人点点头，"现在这个世界被谁领导着，已经无从得知了。"

"可你只是在猜测，没有证据。"我尽力让自己的声音保持平静。

"是的，我们没有证据，但我们现在就去找。"经纪人终于笑了，"这也是我来找你的原因。你要加入我们吗？我们已经一无所有，没法许诺给你金钱，只能许诺你一个渺茫的希望——重新发现我们生活的世界的真相。"他把啤酒一饮而尽。

我考虑了很久。"对一个经纪人和一个演员来说，你的新事业好像太大，也沉重了点。"我叹了口气。

"总是值得试试的。"经纪人重新戴上兜帽，"不必急着答复，我会再来。"

我颓然坐在椅子上，看着他推开门，冷风灌入，随即他的背影消失在了夜色里。

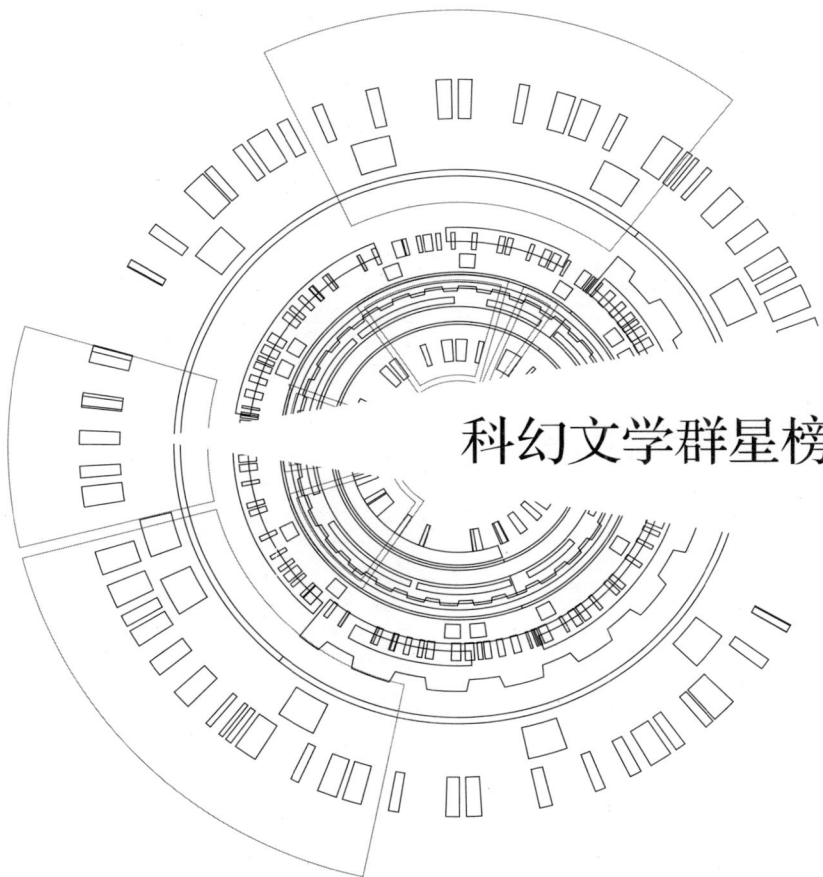

科幻文学群星榜

科幻文学
群星榜
出版书目

序号	作者	书名
1	郑文光	侏罗纪
2	萧建亨	梦
3	刘兴诗	美洲来的哥伦布
4	童恩正	在时间的铅幕后面
5	张静	K星寻父探险记
6	程嘉梓	古星图之谜
7	金涛	月光岛
8	王晋康	生死平衡
9	刘慈欣	纤维
10	潘家铮	子虚峡大坝兴亡记
11	韩松	青春的跌宕
12	星河	白令桥横
13	凌晨	猫
14	何夕	异域
15	杨鹏	校园三剑客
16	杨平	神经冒险
17	刘维佳	使命：拯救人类
18	潘海天	饿塔
19	拉拉	永不消逝的电波
20	赵海虹	月涌大江流
21	江波	自由战士
22	宝树	人人都爱查尔斯
23	罗隆翔	朕是猫
24	陈楸帆	动物观察者
25	张冉	灰城
26	梁清散	欢迎光临烤肉星
27	七月	撬动世界的人于此长眠
28	杨晚晴	天上的风
29	飞氘	讲故事的机器人
30	程婧波	第七种可能
31	万象峰年	点亮时间的人
32	长铗	674号公路
33	迟卉	蛹唱
34	顾适	为了生命的诗与远方
35	陈茜	量产超人
36	刘洋	单孔衍射
37	双翅目	智能的面具
38	石黑曜	仿生屋
39	阿缺	收割童年
40	王诺诺	故乡明
41	孙望路	重燃
42	滕野	回归原点